http://www.bbulmedia.com

BBULMEDIA

무림영주

武林領主

1판 1쇄 찍음 2013년 4월 10일
1판 1쇄 펴냄 2013년 4월 15일

지은이 | 윤지겸
펴낸이 | 정 필
펴낸곳 | 도서출판 **뿔미디어**

편집장 | 이재권
기획 · 편집 | 심재영
편집디자인 | 이진선
관리, 영업 | 김기환, 임순옥

출판등록 | 2002년 9월 11일 (제1081-1-132호)
주소 | 부천시 원미구 상3동 533-3 아트프라자 503호 (우)420-861
전화 | 032)651-6513 / 팩스 032)651-6094
E-mail | bbulmedia@hanmail.net

값 8,000원

ISBN 978-89-6775-262-0 04810
ISBN 978-89-6775-211-8 04810 (세트)

※파본은 구입하신 서점에서 교환하여 드립니다.

무림영주

윤지겸 퓨전 판타지 소설

3

목 차

1장

명도문의 이른 방문

"이상하지?"

도제경의 물음에 이석약은 물론, 같은 식탁에 앉은 다른 두 사람 또한 고개를 끄덕였다. 하지만 딱히 의견을 내놓는 사람 또한 없다.

식탁에 놓인 음식들이 식어가는 것도 신경 쓰지 않고 각자의 생각에 잠겨 있었다.

가만히 반응을 기다리던 도제경이 다시 물었다.

"어떻게들 생각하나?"

"글쎄요."

이석약이 입을 열기는 했지만 역시나 뭔가 의견이 있어 보이지는 않았다.

도제경은 물끄러미 함께 앉은 이들의 얼굴을 하나하나 살펴보았다. 이석약은 물론, 사제인 청이문과 임사균 모두 하나같이 말이 없었다.

도제경을 포함한 네 사람은, 담씨세가가 세웠다는 용천무관에 들렀다가 용천현 현도 내의 저잣거리를 돌아본 후 객잔에 돌아온 것이었다.

혹시나 바뀐 분위기의 담씨세가를 확인할 수 있을까 하여 불쑥 찾아갔고, 원래의 목적대로 용천무관의 수련 장면을 볼 수가 있었다.

그리고 저잣거리에서 담씨세가에 대한 이런저런 소문을 확인한 후, 객잔으로 돌아와 각자의 생각에 잠겨 있는 중이었다.

잠깐의 침묵이 더 지난 후, 청이문이 조심스레 입을 열었다.

"용천현 사람들의 반응으로 보아, 담씨세가와 철문방의 충돌 외에 예전과 크게 달라진 부분도 없고 새로 세웠다는 용천무관은……."

도제경이 청이문의 말을 받았다.

"아까 저잣거리의 소문으로는, 용천무관에서 밤낮없이 수련생들을 굴려댄다던데 아까 본 것과 별로 다르지 않았지?"

"그랬지요."

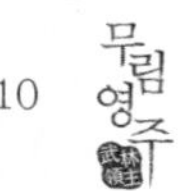

"하지만 또 들은 얘기로는 담씨세가에서 용천무관을 열 때 돈을 받지 않았다고 하더군. 그뿐만 아니라 반년 동안 숙식을 제공하고, 수련의 성과가 좋은 사람은 담씨세가의 외당 무인으로 쓰겠다고까지 했다고 들었네."

도제경이 이해할 수 없다는 표정으로 하는 말에 청이문 역시 고개를 끄덕였다.

"그런데 저런 수련을 시키고 있다니 이상한 거지요. 장문 사형, 사형이 보시기에도 그들의 수련은 분명 외공 수련이었지요?"

"그랬지."

"혹시……."

청이문이 뭔가 말을 꺼내려다 아무래도 이상한지 고개를 설레설레 저었다.

"혹시? 뭔가 짐작 가는 바라도 있나?"

"그렇다기 보다는, 담씨세가의 장자가 법국에 다녀왔다고 하지 않았습니까? 혹시 그곳에서 새로운 무공을 배워와서 가르친 건가 해서 말입니다."

"그럴 가능성도 있겠지만, 어쨌든 외공만으로는 한계가 있을 텐데?"

고개를 갸웃거린 도제경이 말없이 생각에 잠겨 있는 이석약을 향해 물었다.

"석약아, 네 생각은 어떠냐?"

한참을 골똘히 생각에 잠겨 있던 이석약이 깜짝 놀라 사부를 향해 되물었다.

"네?"

"용천무관의 수련 모습은 보통의 외공 수련과 일맥상통하지 않더냐. 그에 대해 네 생각은 어떠냐고 물었다."

하지만 이석약은 그에 대해서는 생각해 본 적이 없다는 듯 고개를 갸웃거리더니, 다른 이야기를 꺼냈다.

"저는 그보다는 용천무관에서 만났던 담기명의 태도에 대해 생각하고 있었어요."

"담가의 둘째 말이냐?"

"그의 분위기가 뭔가 바뀐 느낌이 들지 않던가요?"

이석약의 물음에 도제경을 비롯한 세 명의 사형제가 동시에 모호한 표정을 짓는다. 딱히 신경 쓰지 않았던 탓에 생각해 본 적이 없는 것이다.

"그다지 바뀐 걸 느끼지 못했다만, 어떤 것이 이상하더냐?"

"뭐랄까요? 묘하게 자신감에 차 있다고 해야 할까요?"

"그거야 최근 담씨세가의 기세가 대단하니 당연한 일 아니겠느냐?"

"단순히 그런 것 때문이 아니에요. 물론, 예전과 다를 것 없이 공손한 태도였지만……."

담기령이 실종된 후에도 처주부에 있는 방파들 간의 교

류는 여전했고, 그 기간 동안에도 이석약은 담기명을 보아 왔었다.

순하고 밝은 성격에 누구와도 문제를 일으키지 않는 꽤 사교성 있는 사람이었다. 그리고 오늘 본 담기명 또한 그런 모습은 여전했다.

"모르겠네요."

이석약이 결국 고개를 내저었다. 분명 무언가 달랐는데, 그것이 무엇인지가 감이 오지 않았다.

아미를 잔뜩 찌푸린 채 생각에 잠겨 있는 이석약을 향해 도제경이 말했다.

"네가 너무 신경이 예민해져서 그런 게 아닌가 싶구나. 이번 담씨세가의 일로 인해 생각할 것이 많지 않았더냐."

그때까지도 말없이 앉아 있던 임사균이 갑자기 불만스러운 표정으로 말을 툭 뱉었다.

"그나저나 담씨세가의 위세가 대단해지기는 한 모양이네요."

갑작스러운 임사균의 말에 도제경이 물었다.

"갑자기 왜 그러나?"

"상황이 그렇지 않습니까? 우리가 좀 일찍 오기는 했어도, 어쨌든 저들이 청해서 용천현까지 온 길입니다. 그러면 손님으로서 장원으로 안내를 해야 되는 거 아니냔 말입니다."

"그야 내가 먼저 여기 객잔에 머물 거라 말하지 않았던가."

"그러니 사형께서는 예의를 다 한 게 아닙니까? 그러면 저들도 우리에게 예의를 차려 줘야 하는 게 아니냐 그 말입니다."

"그리 생각하지 말게나. 우리가 미리 연락도 없이 온 게 아닌가. 게다가 우리는 미리 배첩도 보내지 않고 무작정 용천무관으로 들어섰어. 우리야 확인하고 싶은 게 있어서 그랬다지만, 저들의 입장에서는 기분이 나쁠 수도 있지. 그런데도 얼굴을 굳히지 않고 맞아줬으니 그걸로 된 게 아닌가."

하지만 임사균은 여전히 그런 대접이 마음에 들지 않았는지 인상을 풀지 못하고 구시렁거렸다.

"허, 담씨세가가 언제부터 그렇게 위세가 대단했다고 우리 명도문을 이리 무시한단 말입니까?"

"지난번 철문방 사건 때, 우리는 담씨세가의 요청을 거절했었네. 그런데도 저들이 먼저 손을 내민 게야."

"손을 내민 건지 다른 검은 속내가 있는 건지 그거야 이야기를 들어봐야 아는 일 아니겠습니까?"

결국 도제경의 얼굴이 딱딱하게 굳었다.

"임 사제!"

나지막하지만 엄한 표정으로 자신을 노려보는 도제경의 모습에, 임사균도 그제야 입을 다물었다. 불만이 사라진 것

은 아니었지만, 더 이상 도제경을 화나게 하면 안 된다는 것을 알기 때문이었다.

그때 청이문이 갑자기 객잔 입구 쪽을 향해 입을 열었다.

"어? 사형, 저기!"

그의 말에 다른 세 사람의 시선이 동시에 청이문이 가리킨 쪽으로 향했다.

도제경의 눈에 객잔 입구에서 점소이와 이야기를 나누고 있는 사내가 보였다. 그리고 모호한 표정으로 이석약을 향해 시선을 돌렸다.

"음? 혹시……."

이석약 역시 모호한 표정이었지만, 조금의 확신이 깃들어 있는 얼굴이었다.

"담기령, 그가 맞는 거 같아요."

어렴풋하기는 했지만, 오 년 전에 알고 있던 담기령의 얼굴이 아직 남아 있었다. 당시에는 아직 청년도 되지 못한 소년의 얼굴이었다면, 지금은 확실히 선이 굵은 사내의 얼굴이었다.

방금까지 구시렁거리던 임사균이 한쪽 입꼬리를 비틀어 올리며 아까의 불만을 이었다.

"이제야 손님 대접을 하러 온 모양이군요."

그사이 입구에 있던 담기령이 객잔을 가로질러 그들이 앉은 탁자로 다가왔다. 그리고 도제경을 향해 포권을 하며 인사했다.

"오랜만에 뵙습니다, 도 장문인. 기억하실지 모르겠습니다만, 담기령입니다."

"기억하다마다. 오랜만일세, 담 공자. 그래 그동안 법국에 갔었다고?"

"예, 개인적인 이유로 세가를 좀 오래 비웠습니다."

"허허, 그사이 헌헌장부가 되었군. 그래, 어쩐 일인가?"

"오랜만에 뵙게 되었으니 인사도 드릴 겸, 도 장문인을 비롯한 명도문 분들을 저희 세가에서 운영하는 객잔으로 모실까 하여 이렇게 찾아왔습니다."

"음?"

"저희 가주님께서, 어쨌든 세가의 청을 받아 오신 길인데 손님 대접을 제대로 못하는 것은 안 된다 하셨습니다."

담기령의 말에 임사균이 와락 인상을 굳혔다. 도제경이 그런 임사균을 향해 엄한 눈빛을 보낸 후, 담기령을 보며 고개를 끄덕였다.

"우리가 연락도 없이 찾아왔는데 그렇게 해준다면 고마운 일이지. 하지만 그리되면 여기 객잔에는……."

담기령이 신경 쓰지 말라는 듯 바로 대답했다.

"여기 객잔에는 따로 섭섭지 않게 대금을 지불했으니 신경 쓰지 마십시오."

"그럼 사양할 수는 없겠군. 알겠네, 잠시 기다려 주겠는

가? 짐을 챙겨 내려오겠네."

"예, 객잔 밖에서 기다리겠습니다."

담기령이 다시 한 번 포권을 한 후 걸음을 돌렸다.

"쳇, 결국 자기들의 장원에는 들이지 않겠다는 말이군요."

임사균이 담기령의 뒷모습을 노려보며 끝내 한마디 더 덧붙였지만, 슬쩍 도제경의 눈치를 보고는 조용히 자리에서 일어섰다.

"오랜만에 뵙네요."

가장 먼저 객잔 밖으로 나온 사람은 이석약이었다.

"예, 이 소저께서도 그간 평안하셨습니까?"

담기령이 조금은 난감한 표정으로 인사를 받았다. 아까 장원에 있을 때, 담기명에게 들었던 이야기 때문이었다.

어쨌든 한 가지는 분명했다.

중원의 여인을 그리 많이 보지 못했던 담기령의 눈에도, 이석약은 아주 아름다운 얼굴이었다.

'할아버지가 마음을 주셨던 것도 이해는 가는군.'

하지만 그뿐이다. 과거에 할아버지가 마음을 주었다고 해서 지금도 그래야 할 필요는 없었다.

이석약이 조심스러운 말투로 입을 열었다.

"지난번, 철문방 때의 일은 죄송하게 되었습니다."

"괜찮습니다. 결과적으로 저희는 철문방을 막아 내었고,

이렇게 무사하니까요."

아무렇지도 않다는 듯 대답하는 담기령의 모습에, 이석약의 표정이 굳었다.

'누구지?'

방금 객잔에서 도제경과 이야기를 나눌 때는 느끼지 못했는데, 지금 직접 이야기를 나눠보니 아주 낯선 느낌이 든 탓이었다.

오 년 만에 얼굴을 보는 참이니 그럴 수도 있었다. 하지만 단순히 그런 이유만은 아니었다.

'완전히 다른 사람인데?'

딱히 뭐라고 단정할 수는 없지만 오 년 전에 알던 담기령과는 너무 달랐다.

그사이 담기령이 말을 이었다.

"이번에 명도문은 물론 다른 방파의 분들을 모신 것은 그것과는 아무런 상관이 없으니 신경 쓰지 마십시오. 이제부터 중요한 것은 처주부 전체의 안녕이 아니겠습니까?"

담기령이 말하는 동안, 이석약은 담기령의 태도와 얼굴을 유심히 살폈다. 그 덕에 이석약은 담기령의 무엇이 달라졌는지 확실하게 느낄 수가 있었다. 그리고 아까의 모호한 느낌이 이제는 확실해졌다.

'그 담기령이 아니야.'

기질이 달랐다. 지금 담기령에게서 느껴지는 것은, 태어나면서부터 군림하는 자리에 있는 이가 가질 법한 그런 기질이었다.

특별히 사람을 얕잡아 보거나 거만한 태도를 보이는 것은 아니었지만 이석약은 확실하게 그런 느낌을 받았다. 동시에 아까 담기명에게서 받았던 낯선 느낌이 무엇이었는지도 깨달을 수 있었다.

형을 많이 따랐던 담기명이니, 저런 분위기에 감응된 것이리라.

'지난 오 년간 무슨 일이 있었던 거지?'

단순히 오 년이라는 시간이 아니다. 소년이 사내가 되어가는 동안의 '오 년' 이었다. 결코 길다고 할 수 없는 시간이었지만, 한 사람의 인생에는 어마어마한 변화를 불러일으킬 만한 시간이었다.

그래도 뭔가 이상했다. 아무리 많은 변화를 맞이한다 해도, 태어나면서부터 가지는 저러한 기질을 갖게 되는 일은 아주 드물다.

이석약의 머릿속에 문득 뜬금없는 생각이 떠올랐다.

'어쩌면 정말 다른 사람일지도…….'

말도 안 되는 생각이었다. 아무리 오 년의 세월이 흘렀다지만 이 정도로 닮은 얼굴이 있겠는가. 게다가 담씨세가의 가주가 바보가 아닌 이상, 전혀 다른 사람을 자신의 아들로 착각할 리도 없었다.

그럼에도 한 번 떠오른 의문은 이석약의 머릿속에서 걷잡을 수 없이 부풀어 올랐다. 결국 이석약은 그 말도 안 되는 생각을 확인하지 않을 수 없는 지경에 이르렀다.

'사부님께 늦게 나오시라고 말해 두길 잘했군.'

이럴 예정은 아니었지만, 아무래도 이야기를 나눠 보는 게 좋을 것 같아 사부에게 부탁해 두었던 참이었다.

잠시 숨을 가다듬은 이석약이 조심스럽게 입을 열었다.

"그런데 혹시 예전에 제게 했던 말씀은 기억하시는지요?"

"예전에 있었던 일이라니요? 어떤 일을 말씀하시는 겁니까?"

"그것이……. 차마 제 입으로는 말씀을 드리기가 민망하군요. 하지만 저를 따로 불러내서 하셨던 이야기에 제가 답을 드리지 않았던 것 같아……."

이석약이 짐짓 부끄러운 듯 슬쩍 시선을 돌리며 하는 말에, 담기령의 눈빛이 날카롭게 빛났다.

'만만히 볼 여자가 아니군.'

이석약은 분명 자신을 시험해 보고 있었다. 원인을 알 수는 없었지만, 자신이 진짜 담기령인지를 의심하고 있는 것이 분명했다. 그리고 그것을 확인하기 위해 민망함을 감수하고 저런 이야기를 꺼내는 것이다. 하필이면 왜 저런 이야기를 꺼내는 것인지 의아하기는 했지만, 담기령에게 그 이유까지는 중요하지 않았다.

한편으로는 당황스럽기도 했다. 실제로 그런 일이 있었는지 없었는지 지금의 담기령으로서는 알 도리가 없기 때문이다.

물론 그렇다고 해서 시험에 넘어가 줄 그는 아니다.

"무례하시군요."

"네?"

"이 소저께서 무엇 때문에 그런 말씀을 꺼내는지는 모르겠습니다만, 소저의 의심은 상당히 불쾌합니다."

이럴 때는 굳이 사실 여부를 확인시켜 주며 스스로를 증명할 필요가 없었다. 상대의 의심 자체에 대해 직접적으로 언급을 하는 동시에 확인하듯 물어본 사안에 대해서는 유야무야 넘어갈 수 있는 좋은 방법이었다.

이석약이 당혹스러운 표정을 짓는 것을 보며, 담기령이 말을 이었다.

"담씨세가에서는 명도문의 문인들을 손님으로 대접했는데, 그런 의심을 받으니 우리가 예의를 다할 필요가 있는지 모르겠습니다."

이 정도로 몰아붙이면 두 번 다시 이런 방식으로 확인하려 들 수 없다는 것 또한 담기령이 노리는 바였다.

하지만 이석약은 담기령이 생각했던 대로 절대 만만히 볼 상대가 아니었다.

주르륵!

난데없이 이석약의 볼을 타고 눈물이 흘렀다. 그리고 담기령을 향해 원망 섞인 눈빛을 보내며 흐느끼듯 말했다.

"어떻게 그런 말씀을 하실 수 있나요? 저는 다만 그때 담 공자의 마음이 아직도 그대로인지 확인하고 싶었던 것인데……."

'이런 이유였나?'

이석약이 하필이면 남녀 간의 애정이라는 민감한 사안으로 담기령을 시험한 이유가 이것이었다. 여차하면 이런 식으로 받아칠 수 있기 때문이었다.

"그때 하신 이야기는 거짓이었던 건가요?"

또한 담기령이 사용한 방법으로 대답을 회피하는 것에 대한 대응도 가능했다.

'허!'

저도 모르게 감탄이 터져 나왔다. 이런 방법으로 되받아치는 것까지는 생각지도 못했다. 더군다나 두 번이나 물어보는데 계속 대답을 회피할 수도 없었다.

그렇다면 바른 답을 이끌어 내는 수밖에. 담기령은 황급히 지금까지의 상황을 머릿속에서 정리했다. 그리고 빠르게 결론을 내렸다.

'그런 일은 없었다.'

아까 장원에서 담기명과 나눴던 이야기와 지금 눈앞의 이석약이 바로 그 이유였다.

진짜 담기령, 즉, 현재 담기령의 할아버지인 케인과 담기명은 아주 의좋은 형제였다. 그리고 케인은 어마어마한 허풍을 쉴 새 없이 떠들어 댈 정도로 말이 많은 편이었다. 만약 실제로 그런 일이 있었다면 담기명 역시 알고 있었을 것이 분명하고, 그랬다면 아까 장원에서 분명 그 이야기를 꺼냈을 것이다.

그리고 이석약이 이런 이야기를 꺼낸 것 자체도 그것을 뒷받침하는 정황 중 하나였다.

만에 하나, 실제로 그런 일이 있었다면 이후 두 사람 사이에 어색한 기류가 흐르는 것은 어쩔 수 없는 일. 중대한 일을 앞둔 상황에서 그런 쓸데없는 감정적인 소모는 피해야 했다.

조금 전 나눈 대화와 행동으로 보건데, 이석약은 그런 불필요한 일을 선택할 여자가 아니었다.

담기령이 얼굴을 굳히고 딱딱한 어투로 말했다.

"도대체 누구를 말하는 겁니까? 분명하게 말씀드리지요. 저는 그런 말을 한 적이 없습니다. 또한, 이런 식의 무례는 절대 용납하지 않겠습니다."

이석약이 조금의 틈도 없이 곧장 대답했다.

"담 공자의 태도나 분위기가 과거와는 너무 달라 보여 혹시나 하는 생각에 무례를 저질렀습니다. 담씨세가에서 논의하고자 내놓은 일은, 다른 어떤 방파보다 명도문이 큰 영향을 받을 수밖에 없다는 건 아시지요? 그렇기에 조금이라도 마음에 걸리는 것이 있는 이상, 확인하지 않을 수 없었습니다. 넓은 아량으로 용서해 주시기 바랍니다."

'허!'

담기령은 저도 모르게 입이 쩍 벌어졌다. 이렇게까지 직접적으로 말을 꺼내고 사과할 거라고는 생각지도 못했다. 게다가 문파에 큰 영향을 끼칠 가능성이라는 어지간하면 납득할 만한 분명한 이유가 있으니, 화를 내기도 애매했다.

'이것까지 계산해 놓고 시작했단 말인가?'

그렇지 않고서야 말이 끝나기가 무섭게 사과했을 리가 없다. 꽤나 민망함을 감수해야 하지만, 충분히 효율적인 방법이었다.

그때 도제경과 청이문, 임사균이 각자의 짐을 들고 객잔 밖으로 나왔다.

"허허, 오래 기다리게 했구먼. 이제 다 되었으니 안내를 부탁하네."

담기령의 얼굴에 또 한 번 놀람이 스쳤다.

'자신의 위치까지도 계산했군.'

이석약은 명도문의 수많은 제자 중 한 명이었다. 장문인의 제자라고는 해도 특별히 명도문 내에서 어떤 지위를 갖고 있는 것이 아니었다.

담씨세가가 이 일을 걸고넘어지더라도, 명도문 전체에는

책임을 묻기 힘들어진다는 뜻이다. 어쩌면 도제경이 직접 사과를 해야 하는 일이 벌어질 수도 있지만, 그것은 어디까지나 이석약의 스승으로서 하는 것일 뿐 명도문 전체의 위신과는 관계가 없어지는 것이다.

'어쩌면 명도문이 가장 경계해야 할 대상일지도 모르겠군.'

담기령은 문득 솟구치는 경각심에 저도 모르게 뒷걸음질 치는 발을 가까스로 수습하며 말했다.

"예, 앞장서겠습니다. 따라오시지요."

"그는 담기령이 아니에요."

담평객잔의 객방 안에 나직이 울려 퍼지는 이석약의 말에 도제경과 청이문, 임사균 세 사람 모두 깜짝 놀란 표정으로 그녀를 보았다.

"가짜라는 말이냐?"

다급하게 묻는 도제경의 말에 이석약이 고개를 저었다.

"가짜라는 말은 아니에요. 예전에 우리가 알던 담기령이 아니라는 말이에요."

"그거야 소문으로도 충분히 알 수 있는 이야기가 아니냐?"

"단순히 그렇게 생각할 문제가 아닌 것 같아요. 뭐랄까요? 품고 있는 기질 자체가 달랐어요. 그러니 이제부터는 과거에 알던 담기령에 대해서는 완전히 지워야 한다는 말씀을 드리고 싶은 거죠."

도제경이 당혹스러운 표정으로 고개를 주억거렸다.

"아까 보았을 때, 느낌이 전혀 다르기는 했다만……. 단순히 성장한 정도의 수준이 아닌 모양이구나."

"네. 옛날 생각을 하고 가볍게 다가갔다가는 괜한 꼬투리를 잡힐 수도 있어요."

도제경이 알았다는 듯 고개를 끄덕였다. 하지만 그리 생각지 않는 이도 있었다.

"흥! 그래 봐야 원래의 기질이 어디 가겠느냐?"

임사균의 말에 도제경이 타이르듯 말했다.

"지금까지 석약이의 눈이 틀린 적이 있더냐? 그런 말을 한 것은 분명 그럴 만한 이유가 있는 게다."

"사형은 너무 저 아이의 말을 곧이곧대로 믿으시니 그게 문제인 겁니다. 계속 생각해 보았습니다만, 담씨세가가 철문방과 싸워 이긴 것은 분명 우연한 일이었을 겁니다."

"자네도 듣지 않았나?"

"하지만 오늘 용천무관에서도 보시지 않았습니까? 그따위 수련이나 하는 놈들이 무슨 수로 철문방을 막았겠습니까? 분명, 전력으로 붙는다면 우리가 이길 수 있을 겁니다."

임사균이 길게 찢어진 두 눈을 번뜩이며 말했다. 사실 따지고 보면 그의 말이 꼭 틀렸다고 할 수는 없었다. 두 세력의 본질적인 차이 때문이었다.

바로 명도문은 '문파'였고, 담씨세가는 '세가'라는 차이였다.

무공을 통한 문파라는 말은, 곧 무공 그 자체에 목적을 두고 사승 관계를 통해 만들어지는 집단이었다. 무공을 계승하고 발전시키는 데 세가보다 훨씬 많은 노력을 들이는 것이 당연한 일이었다. 그러니 고수의 수 역시 세가에 비해 많았다.

또한 집단을 이루는 관계 자체가 혈연이나 사승을 통해 이루어지는 것이 '문파' 였다. 세가의 경우는 대부분의 무인이 월봉을 받는다는 것을 전제로 하면, 내부의 결속력 또한 문파 쪽이 우위에 있었다.

물론 그러한 단순한 비교는 어디까지나 소규모 방파들에 국한된 이야기였다. 하지만 담씨세가나 명도문은 그 '소규모' 의 범주에 속하는 것이 분명하니 단순한 비교도 충분히 일리가 있었다.

도제경이 슬쩍 인상을 찡그리며 임사균을 노려보았다.

'또 시작이군.'

임사균의 저러한 언행이, 단순히 담씨세가에 대한 불만 때문이 아니라는 것을 알기 때문이었다. 오히려 이석약에 대한 불만에 더 가까웠다.

이석약이 명도문의 장문인 후계자인 탓이었다.

도제경에게는 원래 세 명의 제자가 있었다. 혼인은 했지만 후사가 없던 도제경은, 세 제자를 자식처럼 키웠고 그에 부응하듯 제자들은 훌륭히 자라 주었다.

당연히 그의 첫째 제자는 차기 장문인감으로 모두의 인정을 받은 상황이었다.

문제는 왜구들을 막던 중, 첫째 제자와 둘째 제자가 나란히 세상을 떠나면서부터 생겼다.

도제경의 막내 제자였던 이석약은, 여자이기는 했지만 명도문의 장문인이 되기에 충분한 자격을 갖고 있었다. 하지만 무파의 특성상, 여자를 장문인으로 세우는 것에 반대하는 이가 나올 수밖에 없었다.

그중 한 사람이 바로 임사균이었다. 도제경과는 꽤 나이 차이가 나는 그였기에 차기 장문인 자리에 욕심을 내기 시작한 것이었다.

그리고 그때부터 사사건건 이석약에게 시비를 걸어대고 있는 것이었다.

도제경이 애써 마음을 가라앉히며 말했다.

"단순히 그들과 싸우는 문제가 아니지 않은가? 소문이나 정황으로 보아, 담씨세가는 우리가 알지 못하는 커다란 무언가를 쥐고 있는 상태일세. 그러니 일단은 회의 때 이야기를 먼저 들어보도록 하세."

"그 역시 허장성세가 분명합니다."

"어허!"

도제경이 엄한 표정으로 임사균을 노려보았다. 나이 차

이가 많이 나는 탓에, 어려서부터 아버지처럼 자신을 돌봐준 도제경이었다. 그런 그가 엄한 표정을 지으니 임사균도 더 이상은 목소리를 높일 수는 없었다.

하지만 그렇다고 마냥 물러설 수만은 없는 노릇.

"그렇다면 한 가지만 확인하게 해주십시오."

"확인?"

"예, 담기령 그놈의 무공이 어느 정도인지 제가 직접 확인해 봐야겠습니다."

"지금 손님으로 와서 주인과 손속을 겨루겠단 말인가!"

도제경이 결국 버럭 소리를 질렀다. 하지만 임사균도 이번에는 물러서지 않았다.

"우리나 저들이나 어차피 무림에 속해 있습니다. 피를 볼 일이 없도록, 가벼운 비무 정도는 문제 될 게 없지 않습니까? 예전에는 모임이 있을 때, 다른 방파의 젊은이들에게 서로 가르침을 주기도 했으니 그 정도는 괜찮을 겁니다."

"하지만 지금은 그럴 때가 아닐세. 그리고 그때와 지금은 상황이 다르지 않은가. 그는 단순한 젊은 무인이 아니라, 세가의 소가주일세. 자칫했다가는 일이 완전히 틀어지는 수가 있어."

도제경이 강경한 표정으로 고개를 저었다. 그때 가만히 듣고 있던 이석약이 불쑥 나서며 말했다.

"제 생각에는 나쁘지 않을 것 같은데요? 이참에 담 소가주의 무공 수준을 알아두면 도움이 될지도 모르죠. 우리가 예정보다 일찍 온 건, 다른 방파들보다 먼저 담씨세가에 대해 알아보고자 했으니……."

"어른들이 얘기하는데 어디 계집아이가 끼어드느냐!"

임사균이 버럭 호통을 터트리며 이석약의 말을 잘랐다. 차기 장문인으로 물망에 오른 후부터 뭐 하나 곱게 보이는 게 없었던 이석약이, 자신의 편을 들어주니 오히려 부아가 치밀어 오른 탓이다.

"죄송합니다."

이석약은 황급히 사과하며 고개를 숙였다. 하지만 임사균은 그런 이석약에게는 눈길도 주지 않은 채 자신의 말을 이었다.

"크게 문제 될 건 없을 겁니다. 가르침을 준다는 이유를 들먹이면, 사형 말대로 먹히지 않을 수도 있습니다. 하지만 담씨세가가 이번 일을 주도하겠다고 나선 이상, 그만한 무력을 갖추고 있는지 확인해야겠다는 명분을 내세우면 거절할 수 없을 겁니다."

도제경이 심기가 불편한 얼굴로 임사균을 보았다. 하지만 조금 전 이석약의 말도 있었고, 과한 정도의 비무만 아니라면 나쁘지 않을 것 같다는 생각도 들었다. 물론, 담기령 한 사람의 실력만 보고 전체를 가늠할 수는 없겠지만 어느 정도 기준을 세울 수 있으리라.

"알았네. 단, 피를 보거나 서로 기분을 상하는 일은 없어야 하네. 또한, 괜한 호승심에 심정에 무리한 짓을 하는 것도 안 되네."

"하하, 걱정하지 마십시오. 수준이 비슷해야 호승심도 생기는 법 아니겠습니까?"

임사균은 자신감 넘치는 표정으로 웃었고, 이석약은 묘하게 안쓰러운 표정으로 그런 임사균을 보았다.

사람이 분명한 형체들이 흐느적거리며 거대한 장원의 담 안쪽을 따라 뛰듯이 걷고 있었다. 담을 따라 금방에라도 넘어갈 듯한 숨소리가 끊임없이 울려 퍼지고, 곳곳에 시체처럼 널브러져 있는 사람도 보인다.

이제는 일상이 되어 버린 낮 시간 용천무관의 풍경이었다.

그런 일상을 깨는 목소리가 있었다.

"기명아."

비틀거리며 발을 뻗던 담기명이 애써 몸을 바로 세우며 고개를 돌렸다. 그리고는 갑자기 밝은 표정으로 대답했다.

"아, 형님."

"그래, 수련은 할 만한 것이냐?"

"아, 예 그것이……."

뭐라고 대답을 하려던 담기명이 말을 흐리더니 이내 말꼬리를 다른 곳으로 돌렸다.

"명도문 사람들은 잘 안내해 주셨습니까?"

"그래, 지금 막 담평객잔에 데려다 주고 오는 길이다."

순간 담기명이 묘하게 웃으며 물었다.

"흐흐흐, 어떻던가요? 이 소저를 오랜만에 보니 감회가 새롭지 않으시던가요?"

담기령은 담기명의 묘한 기대에 부응해 줄 생각이 없는 듯 대수롭지 않은 표정으로 말했다.

"글쎄다."

하지만 담기명은 자기도 다 안다는 표정으로 슬쩍 곁눈질을 하며 다시 말했다.

"에이, 형님도 참. 좋으시면서 왜 그러십니까?"

"흠, 그것이……."

잠시 대답할 말을 고민하던 담기령이 뭔가 좋은 생각이 났다는 듯 은근한 목소리로 말했다.

"이 형이 사실 법국에 있으면서 많은 처자들의 구애를 받았었단다."

"예? 진짭니까?"

담기명이 두 눈을 휘둥그레 뜨며 묻는다. 담기령은 저쪽 세상에 있을 당시의 수많은 혼담을 떠올리며, 절대 거짓말은 아니라 애써 스스로를 납득시켰다.

"그랬지. 그래서 사실 이 형이 이 소저에 대해서는 까맣게 잊고 있었단다."

"어? 그거 이 소저가 들으면 참 실망하겠는데요?"

"그러다 보니 지금도 잘 기억이 안 나는구나. 워낙 어렸을 때 일이기도 한데다, 법국에서 너무 많은 일이 있었던 탓에 기억이 꽤 흐릿하단다."

담기명은 가만히 담기령이 돌아왔던 날 들었던 이야기들을 떠올려 보았다. 전장에서의 일에서부터, 그곳의 영주라는 사람과 얽힌 수많은 이야기들.

"하긴, 그럴 수도 있기는 하겠네요. 원래 기억이라는 게 떠올리지 않으면 흐릿해지는 법이죠. 그런데, 그 말은 왜 하시는 겁니까?"

"험험, 그래서 말인데 과거에 내가 이 소저랑 무슨 일이 있었던 게냐?"

순간, 담기명의 눈빛이 다시 음흉하게 변했다.

"에이, 다시 보니까 옛날 감정이 되살아나는 거 아닙니까? 굳이 궁금해 할 필요도 없는 것들을 다 물어보시고."

"꼭, 그런 것은 아니고……."

담기령은, 담기명의 오해를 풀어주지 않은 채 슬쩍 말끝을 흐렸다. 혹시나 앞으로도 이석약이 자신을 시험해 볼 수도 있으니, 그녀와의 일에 대해 알아둘 필요가 있기 때문이었다.

"직접 들으시면 민망하실 텐데?"

한층 음흉하게 변하는 동생의 표정을 보며, 담기령은 순간적으로 망설이는 마음이 들었다. 하지만 들어 둘 필요가 있는 이야기였다.

"다 어릴 때 일이 아니겠느냐? 내가 대충 기억하는 건……."

담기령은 가만히 할아버지에게 들었던 그리 많지 않은 이석약에 대한 이야기들을 떠올리며, 말을 이었다. 물론 그 이야기 속에서 담기령과 이석약의 주객을 바꾼 채로.

이야기를 대충 들은 담기명이 피식 웃으며 말했다.

"크흐흐, 민망한 일들은 일부러 잊으신 거 아닙니까?"

담기명이 슬쩍 주위를 둘러보더니, 담기령을 구석진 곳으로 끌고 갔다.

'지금이라도 안 듣는 게 낫지 않을까?'

거듭 엄습해 오는 불안감이 마음속에 경각심을 일으켰지만, 담기령은 애써 그것을 억누르며 동생의 이야기를 들었다. 그리고 이야기를 다 들은 후, 담기령의 얼굴은 더할 수 없이 시뻘겋게 달아올라 있었다.

'할아버지!'

2장
철격

"조 숙수는 어디로 간 게야!"

담씨세가의 대부분의 업무와 담가승택의 관리를 전담하고 있는 총관 고잔형이 버럭 소리를 질렀다. 그리고 흠칫하며 제 손으로 입을 가리고 지긋이 눈을 감는다.

'후우! 내가 어쩌다가…….'

부쩍 신경질이 늘었다. 예전에는 한 달에 목소리를 높이는 경우가 한 번이나 될까 했는데, 요즘은 하루에도 몇 번씩 이렇게 소리를 질러댔다.

고잔형은 원래 담백한 성격이었다. 항상 조근조근 말하고, 조용히 걸으며, 일을 처리하는 것 또한 최대한 잡음이 나지 않도록 신경 쓰면서 해 왔었다.

그런데 최근 들어 부쩍 이런 일이 많아진 탓에 정신적으로 꽤나 피로가 쌓인 상태였다.

'이게 다 그 망할 소가주님 때문이지!'

고잔형은 속으로 그렇게 말을 하고는 또다시 스스로를 자책했다. 없는 자리에서는 나랏님도 욕한다지만, 예전이라면 이런 불경스러운 생각을 했을 리가 없다.

하지만 실제로 고잔형이 잠도 편히 잘 수 없을 정도로 바빠진 것은 분명 담기령 때문이었다.

그중에서도 가장 큰 원인이 바로 용천무관이었다.

원래는 감천방의 총타였던 장원을 용천무관으로 열면서, 새로 받아들인 수련생이 백여 명이었다. 그것도 돈 한 푼 내지 않는, 오히려 먹고 자는 것을 모두 책임져 주어야 하는 수련생들이었다. 그런 수련생들의 숙식과 무관의 건물들을 관리하기 위해 또 새로 뽑은 숙수와 하인이 서른 명 정도.

수입은 조금도 늘지 않았는데, 책임져야 할 입만 백삼십여 명이 늘었으니 살림을 책임지는 총관으로서는 당연히 골머리를 앓을 일이었다.

물론 담기령이 철문방으로부터 받아 낸 사십만 냥이라는 돈이 있기는 했다. 하지만 그렇게 부외로 들어온 돈은 기본적인 예산에서 제외해야 하는 법이었다.

그리고 돌아가는 상황을 보면 앞으로 벌일 일에 들어갈

돈이 어마어마했다. 그러니 한 사람이라도 돈을 아끼는 사람이 있어야 했다. 그리고 고잔형은 자신이 바로 그 사람이 되어야 한다는 의무감을 가지고 있었다.

어쨌든 고잔형이 눈밑이 시커멓게 변할 정도로 과중한 업무를 소화해 낸 덕에, 담씨세가는 현재 겨우 적자를 면하고 있는 중이었다.

그런데 갑자기 처주무림대회를 연다며 또 일을 벌였으니, 담백했던 고잔형의 성격이 예민하게 변한 것도 어찌 보면 당연한 일이었다.

'좀 더 조심해야지. 내가 중심을 잃으면 안 돼.'

고잔형이 속으로 그렇게 다짐을 하며 마음을 다스리고 있는데, 누군가 빠르게 그에게 다가왔다.

"총관 어른."

고개를 돌리던 고잔형이 저도 모르게 와락 인상을 찡그렸다. 방금 속으로 욕했던 담기령의 시비인 여란이었던 것이다.

"무슨 일이냐?"

짜증이 잔뜩 묻은 고잔형의 목소리에 여란이 흠칫 어깨를 떨었다. 그리고 조심스레 말을 전했다.

"소가주님께서 총관 어른을 찾으십니다."

"윽!"

고잔형이 갑자기 뒷목이 뻣뻣해지는 기분에 저도 모르게

신음을 뱉었다. 이제는 이름만 들어도 속에서 울화가 치미는 기분이었다.

하지만 이렇게 보는 눈이 많은데 욕할 수도 없는 일, 고잔형이 애써 마음을 가라앉히며 물었다.

“소가주께서는 어디 계시느냐?”

“가주님의 집무실에 계시겠다 하셨습니다.”

“알았다.”

대답과 동시에 고잔형이 급히 걸음을 옮겼다.

“그런데 무슨 일이신가요?”

여란이 저 멀리 가고 있는 고잔형의 뒷모습을 보며 물었다. 방금까지 고잔형 앞에 불안한 표정으로 줄을 맞춰 서 있던 담가숭택 주방의 일꾼들을 향한 물음이었다.

“에, 그것이…….”

주방의 일꾼들 또한 멍하니 고잔형의 뒷모습을 보고 있었다. 사실 그들도 영문을 모른 채 고잔형의 고함을 듣고 있었기 때문이다.

여란이 고개를 갸웃거리며 주방 일꾼들과 고잔형을 번갈아 보았다.

“요즘 일이 많이 늘어난 탓에 바쁘신 줄 압니다만, 바쁘다고 마냥 미뤄둘 수만은 없는 일들이 있어 이렇게 불렀습니다.”

담기령의 말에 고잔형은 머리로 피가 쏠리는 느낌을 받으며 일그러지려는 표정을 애써 누그러트렸다.

"바쁘다고 일을 하지 않을 수는 없지요."

담기령이 가만히 고잔형을 보았다. 그가 없었던 오 년 사이, 담씨세가에 바뀐 몇 안 되는 사람 중 하나가 바로 고잔형이었다. 전임 총관이 고령으로 물러나고, 새로 뽑은 총관이기 때문이다.

아주 유능하지는 않지만, 그렇다고 무능하지도 않은. 자신의 능력 안에서 자신이 할 수 있는 최선을 다하는 사람. 그것이 담기령이 내린 고잔형의 평가였다.

그리고 그런 고잔형을 담기령은 충분히 마음에 들어하고 있었다. 물론 유능한 사람이 세가의 총관으로 있다면 더 좋을 것이다. 하지만 세상에 유능한 사람은 생각보다 그리 많지 않은 반면, 그 유능한 사람을 필요로 하는 곳은 아주 많았다.

그러니 자신의 능력 안에서 할 수 있는 최선을 다하는 정도만 되어도 충분했다. 또한, 그렇게 자신의 능력을 알고 그 안에서 최선을 다하는, 그런 유형의 사람 또한 흔치 않은 것이 현실이다.

담기령이 고잔형을 달래듯 말을 이었다.

"하지만 업무가 너무 늘어나면 고 총관께서 다 처리할 수도 없는 일이지요. 그래서 일단 사람을 몇 명 구했으면 합니다."

"사람이라면?"

"우선 용천무관을 관리해 줄 총관 한 명, 그리고 앞으로 채굴하게 될 오산의 은광을 관리해 줄 사람이 한 명, 마지막으로 담가승택을 관리할 총관이 한 명 필요합니다."

급작스레 환하게 변하던 고잔형의 얼굴이 담가승택의 총관을 구한다는 말에 창백하게 질렸다.

"담가승택의 총관이라니요! 지금 저를 내보내겠다는 말씀이십니까! 가주님, 어찌 제게 이러실 수 있단 말입니까! 으허헝, 제가 잠까지 줄여 가며 얼마나 열심히……."

지금까지 꾹꾹 눌러담고 있던 울화가 한꺼번에 터지는 기분. 하지만 담기령의 말은 끝이 아니었다.

"그리고 고 총관은, 담씨세가의 총관으로서 그 모두를 총괄해서 관리해 주십시오."

"으흑흑……. 사람을 이렇게 헌신짝 버리듯 버리고서는, 그런 총관 자리 따위…… 따위……. 지, 지금 뭐라고 하셨습니까?"

얼마나 서러웠는지 눈물까지 흘려가며 소리를 지르던 고잔형이 깜짝 놀라 물었다. 담기령의 말이 순간적으로 이해가 되지 않은 탓이다.

지금까지 가만히 듣고 있던 담고성이 대답해 주었다.

"현재 우리 세가에 딸린 것들은, 이곳 담가승택과 소작을 주는 땅들, 현도에 있는 담평객잔과 현 외부에 청자를 굽는 용천요, 그리고 용천무관과 앞으로 채굴하게 될 은광 정도일세. 총관을 두어 관리하는 곳도 있지만, 그렇지 않을 곳도 있지. 그리고 그렇지 않은 곳들은 지금까지 자네가 관리해 오지 않았나."

"그랬지요."

"앞으로는 각각 총관을 따로 두어 관리 하게 하고, 자네는 '담씨세가'의 총관이 되어 그 총관들을 관리하라는 말일세."

그리고 옆에 있던 담기령이 피식 웃으며 말했다.

"영전하신 것 축하합니다."

지금까지는 단순히 담가숭택의 총관이기 때문에, 상직적으로 담씨세가의 총관으로 인식되고 그 모든 일들을 처리했었다. 하지만 이제부터는 실질적으로 담씨세가 전체를 아우르는 총관이 되는 것이었다.

"가, 감사합니다!"

"그럼 일단 아직 비어 있는 자리에 적당한 사람을 구해주십시오."

담기령의 말에 고잔형이 환한 표정으로 고개를 끄덕였다. 그러다 갑자기 뭔가 생각이 난 듯 물었다.

"그런데 전에 처주부 부도에도 장원을 새로 연다 하시지 않았습니까?"

"앞으로 우리 세가에서 할 일들을 생각하면, 부도에 세가의 근거지가 필요하다 싶어 구해 놓았습니다. 그곳에는 일단 생각해 둔 사람이 있고, 장원의 공사에 대해서는 유춘을 보낼 생각입니다."

"아, 알겠습니다. 그럼 일단 사람을 구하러 가보겠습니다."

고잔형이 좀이 쑤신 표정으로 엉덩이를 들썩거리며 말했다.

"다녀오게."

"예, 가주님!"

담고성의 허락이 떨어지기가 무섭게, 고잔형이 큰소리로 외치며 자리에서 일어났다.

그때였다.

"형님!"

갑자기 문이 벌컥 열리며 담기명이 집무실 안으로 뛰어들어 왔다.

"무관에서 수련하던 녀석이 또 어쩐 일이냐?"

툭하면 수련을 빼먹고 본가로 올라오는 담기명의 모습에 담고성이 버럭 소리를 질렀다. 하지만 담기명은 조금도 개의치 않은 표정으로 말했다.

"며, 명도문. 명도문에서 형님께 비무를 청했습니다!"

"뭐?"

담기령이 황당한 표정으로 되물었다. 기한도 지키지 않

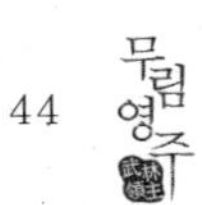

고 찾아왔는데도 손님으로 대우해 줬는데 이건 좀 너무하지 않은가. 미리 얘기도 없이 비무라니.

어처구니가 없기는 담고성 또한 마찬가지. 아홉 개 방파의 수장들이 모여 앞으로의 일들을 논의하고자 모이는 것이 이번 처주무림대회였다. 그런데 비무를 요구하는 것은 예의에 어긋나도 한참 어긋났다.

"지금은 비무를 할 때도 아니고, 우리는 비무를 받아들일 생각이 없다 전해 주어라."

담기명이 답답한 표정으로 말했다.

"물론, 그렇게 말을 했죠. 그런데도 막무가냅니다. 오히려 자신들의 비무 요청이 정당하니 들어주지 않으면 앞으로의 일에도 협조하지 않겠다고 으름장을 놓더라니까요!"

"으음……."

담기령이 옅은 신음과 함께 자리에서 일어나 담고성에게 말했다.

"무슨 이유인지는 모르지만, 일단은 가보는 게 좋을 것 같습니다."

"이, 아비도 같이 가자꾸나."

하지만 담기령은 고개를 저었다.

"아버지는 이번 처주무림대회를 주관하는 입장이십니다. 일단은 조금 거리를 두시지요."

"하지만……."

담고성이 걱정스러운 표정으로 뭐라 말을 하려 했지만, 담기령이 중간에 말을 가로챘다.

"걱정하지 마십시오. 다치거나 피를 볼 일은 없을 겁니다."

담고성이 힘겹게 고개를 끄덕였다.

"알았다. 부디 조심해야 한다."

"예."

담고성에게 대답한 담기령이 이번에는 담기명을 향해 말했다.

"나는 당장 용천무관으로 갈 테니, 너는 운산철방에 들렀다 오거라."

"운산철방이요?"

용천현은 오래전부터 용천검이라 불리는 훌륭한 검으로 이름난 곳이었다. 당연히 많은 철방들이 있었고, 뛰어난 장인들이 있었다.

그중에서도 운산철방은 규모나 실력 모두 용천현 최고라 일컬어지는 곳이었다.

"따로 칼을 몇 자루 주문해 놓았으니 받아 오너라."

담기명이 고개를 갸웃거린다. 뜬금없이 웬 칼을 받아오라고 하는지 감이 오지 않는다. 장원에 널리고 널린 것이 칼이었고, 형님은 생각만 하면 바로 튀어나오는 창월이라는 훌륭한 병장기가 있지 않은가 말이다.

하지만 의문이 든다고 형님이 시킨 일을 거부하려는 것은 아니었다.

"예, 몇 자루나 받아 올까요?"

"맡긴 지 얼마 되지 않았으니 어쩌면 아직 한 자루도 만들지 못했을 수도 있다. 그렇다고 하면 그냥 오고, 일단 만들었다면 한 자루만 받아 오너라."

"예, 형님."

대답과 동시에 담기명이 밖으로 뛰었고, 담기령이 그런 동생의 뒷모습을 잠시 보고는 담고성에게 인사를 했다.

"다녀오겠습니다."

"그래, 조심하거라."

❖❖❖

"자꾸 이렇게 억지를 부리시면, 저희도 더 이상 손님으로 대우해 드릴 수 없습니다!"

윤명산이 서슬 퍼런 얼굴로 임사균을 노려보았다. 하지만 되돌아온 것은 비웃음이 분명한 뒤틀린 미소.

"하하! 언제부터 담씨세가의 위세가 이렇게 대단해졌는가? 비무 한 번 하자는 것도 이리 어려워서야."

"이번 모임은 예전과 같은 성격의 것이 아니라 알고 있습니다. 예민한 사안을 두고 의견이 오가는 만큼, 서로 손을 섞는 일이 없도록 하라 명을 받았습니다. 그러니 이만 나가 주시지요."

윤명산이 딱딱한 어조로 말을 해보지만, 임사균은 이미 귀를 닫고 있는 상황이었다.

"여기 처주부의 아홉 방파들이 언제 비무 한 번으로 마음이 상할 정도의 관계였던가?"

"그렇다면! 명도문은 본 세가의 청을 어째서 거절하셨던 것이오? 가주님께서 그러한 일은 잊고, 앞으로 처주부를 위해 힘을 모으자는 생각에 만든 자리가 아니오!"

윤명산도 설명을 들었기에 자신들이 처한 상황이나 앞으로의 처신에 대해 분명한 기준을 세우고 있었다. 그런데 임사균이 느닷없이 밀고 들어와 강짜를 놓으니 노기가 치솟지 않을 수가 없었다.

하지만 그렇다고 함부로 무력을 행사할 수도 없었다. 해봐야 자신이 어찌할 수 있는 상대가 아닌 탓이다.

임사균은 명도문의 절문관 관주였다. 절문관은 명도문 제자들 중에서도 자질이 좋은 이들을 따로 모아, 문파의 동량으로 기르는 곳으로 명도문에서는 대대로 가장 무위가 높은 이들이 차지하는 자리였다.

다시 말해 임사균은 대외적으로는 명도문 최고의 고수라는 뜻. 그에 비해 자신은 이제 일류 수준이었다.

덤벼봐야 꼴사납게 나가떨어질 것이 분명했다. 물론, 그

정도 치욕이 겁이 나 덤비지 못하는 것은 아니었다. 그런 일이 벌어질 경우, 세가의 이름에 누를 끼치는 것은 물론 오히려 저들에게 빌미를 줄 수도 있기 때문이다.

그때, 무관 입구 쪽에서 누군가 다가왔다.

"저에게 볼일이 있으시다고요?"

그 말에 윤명산과 임사균 두 사람의 얼굴에 동시에 반가운 표정이 떠올랐다. 물론, 두 사람의 반가움은 전혀 다른 의미였지만.

"어제 보았지? 명도문 절문관 관주, 임사균일세. 담씨세가의 절학을 한 번 구경하고 싶어서 말이야."

대뜸 내지르는 임사균의 말에 담기령이 조용히 고개를 저었다.

"죄송하지만 거절해야겠습니다."

단번에 고개를 젓는 담기령의 태도에도 임사균은 물러서지 않았다.

"과거 내가 몇 번 가르침을 준 적이 있는 담씨세가 소가주의 실력이 얼마나 늘었는지 보려고 했더니……. 쯧쯧, 철문방을 한 번 막아 낸 정도로 이리도 거만해졌을 줄이야. 이런 곳을 어찌 믿고 큰일을 함께 도모한단 말인가?"

오히려 담기령을 도발하며 은근히 속을 긁어댄다. 동시에 담기령의 입가에 피식 미소가 떠올랐다.

"믿지 못하겠다면 명도문은 이만 돌아가십시오."

"뭣이! 영녕강 물길의 입구가 우리 명도문의 세력 아래 있는데, 우리 명도문을 빼고 논의하겠다는 말인가? 하! 오만방자함이 하늘을 찌르는구나! 담씨세가 마음대로 그런 일을 할 수 있을 것 같으냐!"

임사균이 버럭 소리를 질러대지만 담기령은 여전히 담담한 표정이었다.

"그건 걱정하지 않으셔도 됩니다. 특별히 생각해서 초대했는데 그것마저도 거절하는 아둔한 머리라면 저희도 딱히 함께하고 싶은 마음이 없습니다."

"이놈이!"

철컹!

오히려 더 강한 도발로 대거리를 해 오는 담기령의 모습에, 임사균이 버럭 소리를 지르며 칼을 반쯤 뽑아 들었다.

그때, 또 다른 누군가의 목소리가 끼어들었다.

"사숙님!"

두 사람의 시선이 동시에 돌아갔다. 다가오고 있는 이는 이석약이었다.

"네가 여길 왜 오느냐!"

임사균이 이석약을 보자마자 버럭 소리를 질렀다. 그렇지 않아도 화가 나 있는데, 마음에 들지 않는 이석약을 보니 반사적으로 호통이 터져 나온다.

하지만 이석약은 담담한 표정으로 말했다.

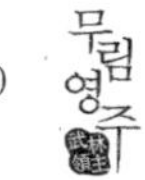

"사부님께서도 오시는 중이십니다."

"사형이?"

"담씨세가에서 상황을 알리러 왔었기에, 일단 저부터 보내셨어요."

"내가 알아서 한다 일렀건만!"

임사균은 잔뜩 노기가 어린 표정으로 이를 악문 채 으르렁거렸다.

두 사람 사이의 이야기가 끝난 듯하자, 담기령이 이석약을 향해 말했다.

"도 장문인까지 오실 필요도 없겠군요. 임 관주를 모시고 이만 돌아가 주셨으면 합니다. 그리고 임 관주께서 명도문은 이번 논의에 참석하지 않겠다 했는데 그것이 명도문 전체의 입장인지 확인해 주십시오."

하지만 이석약은 고개를 저었다.

"그럴 수는 없어요. 당신은 저희 명도문의 임사균 관주님과 비무를 해주셔야 합니다."

담기령이 눈에 이채를 띠며 이석약을 보았다. 만만치 않은 여자이기는 했지만, 이런 억지를 부릴 사람으로는 보이지 않았던 탓이다.

"분명 거절하였고, 그 이유에 대해서도 납득할 수 있도록 설명을 드린 것으로 압니다만?"

"하지만 저희의 이유는 듣지 못하셨지요?"

"들은 적 없습니다. 저분께서 막무가내로 우기기만 하셨을 뿐 분명한 이유는 말한 적이 없습니다."

딱딱한 어조로 대답하는 담기령을 향해 이석약이 미소를 지으며 대답했다.

"담씨세가가 이번에 주관하는 회의는, 제대로 의견이 모인다면 처주부 전체의 방파들이 한 덩어리로 섞이게 됩니다. 그리고 담씨세가는 그 가장 위에서 명령을 내리는 자리에 서고 싶을 겁니다."

담기령은 그 말을 굳이 부정하지 않았다. 그 정도 의도조차 읽지 못한 자들이라면, 오지 않았거나 왔어도 크게 도움이 될 수 없었다.

"그렇다면 그럴 만한 자격이 있다는 것을 보여주시지요."

"겨우 무공 수위로 그런 중요한 것을 판단하겠다는 말입니까?"

"명도문, 담씨세가, 그리고 이번 일에 불러 모은 모든 방파들은 무림에 속해 있습니다. 그 어떤 명분보다 힘이 가장 우선시된다는 것은 당연한 것 아닌가요?"

담기령이 조금 답답한 표정으로 이석약을 보았다. 이석약에 대한 답답함이라기 보다는 무림 전체에 깔려 있는 그런 힘의 논리에 대한 답답함이었다.

힘이라는 것은 무력도 있을 수 있지만, 돈도 힘이고, 권

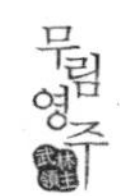

력도 힘이었다. 그런데 그중 가장 직접적이고 단순한 무력으로 많은 것을 가늠하는 습성은, 담기령으로서는 조금 이해하기 힘든 일이었다.

이번 일만 봐도, 자신들의 무력이 어찌 됐든 처주부의 지부인 섭문경을 통해 얻은 권력과 은광과 상인들을 통해 만들어질 재력이 더 큰 작용을 할 것이 분명했다. 저들이 아직 그 사실에 대해서 모르고 있다 해도, 어느 정도 예상은 하고 있을 것이 분명했다. 그런데 일단 무력을 먼저 보겠다고 덤비니 조금은 답답할 수밖에.

하지만 담씨세가는 무림의 세가였고, 그곳에 몸담고 있는 한 그 방식을 자신이 바꿀 수는 없었다. 그렇다면 어느 정도는 장단을 맞춰 주는 수밖에.

방금 필요없다고 내치려 하기는 했지만, 어쨌든 명도문의 도움을 받는다면 여러 면에서 일이 수월해질 것은 분명했다.

"알겠습니다. 그 비무, 받아들이겠습니다."

그때 또 다른 한 사람이 이쪽으로 달려왔다.

"형님!"

운산철방으로 보냈던 담기명이었다. 달려오는 담기명의 손에 들린 것은 한 자루 칼.

담기명은 주변의 다른 사람은 보이지도 않는 듯, 곧장 담기령 앞으로 다가가 손에 쥐고 있던 칼을 건넸다.

"이거, 형님의 창월도와 똑같은 모양이던데요?"

궁금한 표정으로 묻는 담기명을 향해 담기령이 가만히 고개를 끄덕여 주었다. 담씨세가의 무인들은 철격과 기갑무를 배울 것이고, 가주의 직계들은 팔황불괘공과 팔황철굉도를 배우게 될 터였다. 그리고 담기령의 창월도는 팔황철굉도와 철격을 펼치는 데 가장 잘 맞는 모양과 무게를 갖고 있었다. 실제로 저쪽 세상의 가문에서는, 소속 기사들이 창월과 같은 병장기를 썼었다.

그러니 앞으로 담씨세가의 병장기 또한 그러한 모양이 되어야 하기에 미리 주문을 해 놓았던 것이다.

담기령이 칼을 받아 들고 천천히 무게와 모양을 살폈다.

"제대로 만들었군."

혹시나 하는 생각에 담기명을 시켜 가져오라 했는데, 역시나 쓸 일이 생긴 것이다.

담기령이 임사균을 향해 물었다.

"바로 시작하시겠습니까, 아니면 따로 날짜를 정하시겠습니까?"

"흥! 명도문의 절문관주에게 따로 준비가 필요한 줄 아는가? 당장 시작하지!"

"알겠습니다. 저쪽 연무장으로 가시지요."

"괜찮을까요?"

이석약이 걱정스러운 표정으로 사부 도제경에게 물었다. 그 두 사람 앞에는 청석판이 깔린 연무장이 있었고, 연무장 위에 담기령과 임사균이 적당히 거리를 벌리고 서 있었다.

"걱정 마라. 네 사숙은 누가 뭐래도 명도문 최고수다."

도제경이 타이르듯 말을 하고는 차분한 눈빛으로 주변을 살폈다. 도제경과 이석약, 청이문 외에 꽤 많은 사람들이 연무장을 둘러싸고 있었다.

담가숭택의 경비를 서는 숭인항을 제외한 율천항과 순지향 무인 백여 명, 그리고 백여 명의 용천무관 새 수련생들이었다.

원래는 한창 비틀거리며 장원 내부를 달리고 있어야 할 시간이었지만, 뜻하지 않은 볼거리에 모두 모인 것이다.

물론, 그전에 담기령의 허락이 있었기에 가능한 일이었다.

"명도문 절문관 관주 임사균이, 담씨세가 소가주 담기령에게 비무를 청하오."

임사균이 아까와는 달리 격식을 차리며 포권을 했다. 그에 담기령 또한 포권을 했다.

"담씨세가 소가주 담기령입니다. 명도문 절문관 임사균 관주의 비무를 받아들입니다. 사용할 무공은 철격이라는 이름의 도법입니다."

순간 주변에서 보고 있던 담씨세가 무인들과 수련생들의

눈이 광채를 발했다. 기응천을 통해 자신들이 배울 무공의 이름이 철격과 기갑무라는 사실을 알고 있기 때문이었다. 그리고 그것이 담기령이 노린 바이기도 했다. 배우게 될 무공을 미리 보여준다면, 조금 더 강한 동기를 갖지 않을까 하는 생각을 한 것이었다.

차앙!

담기령이 먼저 칼을 뽑아 들었다. 아까 담기명이 운산철방에서 가지고 온 칼.

'새로운 칼 모양이라 하니, 따로 이름을 정해 둘까?'

같은 종류의 병장기라 해도 그 모양에 따라 각각의 이름이 따로 있었다. 그러니 새로운 칼인 만큼 새로운 이름이 필요하지 않을까 하는 생각.

담기령이 잠시 한가한 생각을 하는 사이 임사균이 칼을 뽑아 들었다.

차창!

길고 짧은 두 자루의 기형도가 모습을 드러냈다. 명도문의 독문병기, 일월쌍도였다.

한 자루는 일반적인 칼보다 폭이 좁고 도신이 직선으로 뻗은 칼로, 일섬도(日閃刀)라 불렸다. 그리고 나머지 한 자루는, 보통 칼의 반 정도밖에 안 되는 길이에 거의 원에 가까울 정도로 휘어져 있었는데, 운월도(雲月刀)라는 이름이었다.

이 두 자루를 합쳐 일월쌍도라 부르는데, 명도문의 이름 또한 일(日)과 월(月)을 합친 명(明) 자에서 유래된 것이었다.

"본인이 사용할 무공은 일월삼십육섬이오!"

담기령이 무공 이름을 말한 것에 자극을 받은 탓인지, 임사균이 자신의 무공 이름을 말했다. 뒤이어 사방을 둘러보며 호기롭게 외쳤다.

"무림의 후학인 담기령 소가주에게 삼 초를 양보하겠소!"

일반적인 관례였다. 선학이 삼 초를 양보하면, 후학은 예를 차린 삼 초의 공격으로 서로 인사를 나눈다. 하지만 지금 임사균의 행동은 명백한 도발.

"사양하지 않겠습니다."

말이 끝나기가 무섭게 담기령이 몸을 날렸다.

쑤아아앙!

담기령의 칼이 묵직한 바람과 함께 숨막힐 듯한 압력을 뿜어내며 서로의 공간을 갈랐다.

"흡!"

순간 임사균의 안색이 변했다. 명도문 최고의 무위를 가진 그답게, 작년에 초절의 경지에 오른 그였다. 당연히 상대를 읽는 눈 또한 밝기 마련.

섬뜩한 경각심이 전신의 신경을 훑었다. 절대 만만히 볼 상대가 아니었다.

까아앙!

요란한 쇳소리와 함께 두 자루 칼이 허공에서 얽혔다. 임사균이 저도 모르게 인상을 와락 구기며 두 팔에 힘을 주었다. 밀고 들어오는 힘이 보통이 아니었다.

"크윽!"

"일 초!"

담기령이 곧장 큰소리로 외치며 또 한 번 칼을 휘둘렀다.

까아앙!

"이 초!"

단 두 번 도격을 받아 냈을 뿐인데, 임사균은 양쪽 어깨가 얼얼할 정도였다. 그만큼 담기령의 칼에 실린 힘이 무시무시했다.

"삼 초!"

마지막 외침과 동시에 담기령의 칼이 임사균의 어깨를 노렸다.

"큭!"

임사균이 두 눈을 부릅뜬 채 신음을 흘렸다. 도격이 다가오기도 전에 숨이 턱 막힐 듯 밀어닥치는 압력이 절대 만만치 않다. 동시에 세 자루 칼이 얽였다.

그아아앙!

징 소리와 같은 기묘한 소음이 터졌다.

"끄윽!"

임사균이 일섬도와 운월도를 엇갈리게 쥐어 담기령의 칼을 막은 자세 그대로 신음을 흘렸다.

'말도 안 돼는!'

임사균은 무공을 배운 이후 단 하루도 수련을 게을리 한 적이 없었다. 그런데 새파란 젊은 놈이 내지른 칼질을 겨우 세 번 받아 냈을 뿐인데 어깨가 떨어져 나갈 듯이 아팠다.

'이 무식한 놈!'

속으로 버럭 욕을 퍼부으며 그대로 정면을 몸을 날렸다.

쉬아아악!

날렵한 소음과 함께, 임사균의 일섬도가 아무것도 없는 허공에 말 그대로 섬전을 수놓았다.

'극쾌의 도법?'

서로의 거리 따위는 아무런 상관이 없다는 듯 일섬도가 순식간에 턱밑으로 짓쳐 들었다. 담기령이 황급히 칼을 들어 일섬도를 쳐올리는 순간, 임사균의 왼손에 들린 운월도가 소리도 없이 파고들었다.

따다당!

급박한 쇳소리와 함께 담기령의 칼이 순시간에 세 개의 궤적을 수놓으며 임사균의 공격을 막았다.

'방어용이 아니었나?'

과할 정도로 휘어진 칼날이나 길이 등으로 보아 방어용

이라 생각했던 운월도가 오히려 일섬도보다 훨씬 더 예리한 궤적을 그리며 파고들었다.

호쾌한 일섬도가 그리는 커다란 궤적 뒤로 그림자처럼 따라붙어 음습하게 파고드는 운월도. 그렇다고 일섬도가 그리는 궤적이 허초인가 하면 그것도 아니다. 일섬도의 도격 또한 바닥의 청석판이 움푹 파일 정도로 강렬하다.

서로 다른 성격의 두 가지 공격을 동시에 펼치는 것이 명도문 무공의 특징.

순식간에 십여 초의 공격을 받아 낸 담기령의 입가에 피식 미소가 떠올랐다.

'마음에 드는군.'

어찌 보면 공격일변도인 팔황철괭도나 철격과 그 성격이 맞닿아 있는 도법이 아닌가.

"이놈이!"

다만 임사균이 담기령의 미소를 다르게 받아들였다는 것이 문제였다.

지이이잉!

일월쌍도의 도신이 파르르 떨리며 휘황찬란한 빛무리가 두 자루 칼의 도신을 감쌌다. 이기성형을 뛰어넘어 기의 완벽한 형상화를 보여주는 초절의 증거 도삭이었다.

쉬우우욱!

섬뜩한 기운이 담기령의 전신을 감쌌다. 두 줄기 도삭이

폭풍처럼 휘몰아치며 당장에라도 담기령을 죽일 듯이 밀려든다.

"감히 명도문의 무공을 비웃다니! 그 비웃음의 대가를 치러야 할 것이다!"

임사균이 쉴 새 없이 칼질을 해대며 쌓인 분노를 터트린다.

"도 장문인, 이게 어찌 된 일입니까!"

담기명이 황급히 도제경을 향해 물었다. 연무장 위에 수놓이는 화려한 붉은 빛줄기를 가리키며 하는 말이었다.

"단순한 비무 중에 도삭이라니요! 이 비무가 그런 성격의 것이었습니까!"

비무의 성격에 따라서는, 목숨까지 걸고 벌어지는 비무가 있기는 했다. 하지만 지금 눈앞에서 펼쳐지는 담기령과 임사균의 비무는 그런 성격의 비무가 아니다.

하지만 당황하기는 도제경도 마찬가지.

"그, 그것이!"

이석약 또한 난감한 표정으로 연무장을 보았다. 비무 도중 임사균의 욱하는 성격이 터져 버린 모양이었다. 문제는, 저 비무 한가운데 끼어들어 그것을 말릴 정도로 뛰어난 사람이 이 자리에 없다는 것.

"어서 말리십시오!"

그때였다.

꽈아아앙!

굉음과 함께 세찬 바람이 사방으로 불어닥쳤다.

"도삭이다!"

"이기도삭(以氣綯索)!"

여기저기서 감탄에 찬 외침이 터져 나왔다.

이기도삭(以氣綯索), 기운를 꼬아 새끼줄을 만든다. 절정을 넘어선 초절의 증거이자, 단순히 기(氣)를 형상화하는 정도에서 강기(罡氣)를 형성하는 수준으로 넘어가는 중간단계를 이르는 말이었다.

하지만 초절의 무위도, 그 증거인 도삭도 이미 드러낸 것인데 뒤늦게 감탄이 나오는 것이 이상하다. 도제경과 담기명, 이석약이 연무장으로 시선을 돌리다 두 눈을 휘둥그레 뜬다.

"저, 저것은!"

도제경이 입이 다물어지지 않는다는 듯 입을 쩍 벌린 채 연무장 위를 보았다.

방금 누군가의 외침대로 연무장 위에는 도삭이 난무했다. 하지만 일월쌍도의 두 줄기가 아닌, 세 줄기의 도삭. 남은 하나는 당연히 담기령이 만들어 낸 것이었다.

"저, 절정을 넘어섰다고!"

눈으로 보고도 믿을 수 없는 광경이 펼쳐져 있었다. 담기령의 손에 들린, 도신 전체를 얼기설기 감싸고 있는 푸른빛의 실타래는 분명 도삭이었다.

담씨세가는 무림의 이름 높은 명문이 아닌, 현 단위의 지역을 차지하고 있는 토호에 가까운 작은 세가였다. 그런 곳에서 이제 겨우 약관을 갓 넘은 나이에 초절의 경지를 이룬 자가 나타나다니.

'아, 그러고 보니!'

담기명이 뒤늦게 상황을 파악하고는 고개를 끄덕였다.

'보길사에서.'

당시 백무결과 형님이 동시에 깨달음을 얻었다는 이야기를 들었던 것이 이제야 기억이 났다. 그 후에 형님이 별다른 말을 하지 않은 탓에 잊고 지냈던 것이다. 그런데 그 깨달음을 통해 벽을 부수고 더 높은 경지에 진입했다니.

"크윽!"

누구보다 당황스러운 사람은 비무 당사자인 임사균이었다. 순간적으로 화를 참지 못하고 도삭을 뽑아내며 과한 공격을 펼친 직후, 되받아쳐 오는 푸른 도삭에 기겁했다.

'말이 되는 건가!'

오 년 전, 담기령을 마지막으로 보았을 때 그는 겨우 일류 수준에 머물러 있었다. 그런데 겨우 오 년 만에 절정도 아닌 초절에 올랐다니, 믿을 수가 없는 것이 당연하다. 명도문에서도 가장 강하다는 임사균 자신도 겨우 작년에야 초절의 문턱을 밟을 수 있지 않았던가.

하지만 그 누구보다 그것을 실감하고 있는 것 또한 임사균 본인이었다.

꽝, 꽝!

쉴 새 없이 두드려대는 공격에 임사균이 연신 뒷걸음질을 치기 시작했다.

무공의 경지만 보면 분명 동등한 수준이지만, 승패는 단순히 무공의 경지로만 결정되지 않는다. 사람의 성격에서 도법과 경험, 임기응변 등 모든 것이 한데 어우러져 승패가 나뉘는 법이었다.

"끄윽!"

푸른 도삭이 그려내는 궤적이 거듭될수록 도신에서 일어나는 압력이 한층 거세지며 숨통을 죄어온다.

'무, 무슨 도법이!'

한 바퀴를 돌면 훨씬 더 거대해지는 눈덩이처럼 한 번 도격이 거듭될 때마다 그 위력이 어마어마하게 부풀어 올랐다.

눈에는 무수히 많은 빈틈이 보이고 도격 또한 빠르지 않았다. 하지만 과격하게 날아드는 도격으로 인해 빈틈을 찔러 볼 엄두도 나지 않았다.

쉴 새 없이 공격을 퍼부으며 앞으로 전진하는 명도문의

도법과 비슷한 점이 있었지만 그 방식이 전혀 달랐다.

팔과 어깨가 아픈 것은 넘어 감각이 느껴지지 않을 지경이었다.

담기령은 최대한 냉정함을 유지한 채, 칼을 움직이는 데 온 신경을 기울였다.

철격과 팔황철광도는 기본적으로 같은 사상에서 창시된 도법이었다. 그렇기에 모르는 사람이 본다면 그 차이를 알 수 없을 정도로 비슷한 점이 많았다.

하지만 팔황철광도가 개인을 위한 도법이라면, 철격은 집단의 전투를 위한 도법이었다. 한 명보다는 두 명, 두 명보다는 세 명이 함께 펼칠 때 그 위력이 배가되는 것이다.

빈틈이 많은 데에는, 한쌍이 되는 기갑무와 함께 펼치지 않은 탓도 있었지만 그보다는 집단으로 펼치는 것을 상정해 만들어진 까닭이 더 컸다.

'담씨세가 따위가!'

상처 입은 자존심과 거듭 쌓인 당혹감이 분노로 변했다.

까드득!

임사균이 이를 갈아붙이며 두 눈 가득 살기를 머금는다. 전신의 공력을 한계까지 뽑아 올리며 두 자루 칼에 주입했다. 그와 함께 사선으로 긴 호를 그리며 날아드는 푸른 궤적.

까앙!

귀가 떨어져 나갈 듯 요란한 쇳소리가 사방으로 울려 퍼졌다. 담기령 또한 생각지 못한 강렬한 힘에 흠칫 놀라며 뒤로 물러설 정도.

"쿨럭!"

동시에 임사균의 입에서 붉은 선혈이 쏟아져 나왔다. 무리하게 공력을 일으켜 막아 기혈이 역류한 탓.

"그만하게!"

지켜보던 도제경의 입에서 놀란 외침이 터져 나오고, 담기령 또한 한 걸음 더 뒤로 물러섰다. 하지만 임사균은 여기서 그만둘 생각이 없었다.

쑤아앙!

바람을 가르는 소리와 함께 아무것도 없는 허공을 한 줄기 새 하얀 번개가 가로질렀다.

"크!"

깜짝 놀란 담기령이 황급히 칼을 들어 막는 순간, 임사균의 신형이 담기령의 가슴팍으로 쇄도했다.

담기령이 저도 모르게 버럭 소리를 질렀다.

"미친!"

전면이 활짝 개방된 채, 왼손의 운월도를 깊이 밀어 넣어 담기령의 목을 가르는 한 수. 방어는 완전히 도외시한 동귀어진의 일초였다.

무공이 낮은 이들은 무슨 일인지 몰라 두 눈을 휘둥그레 뜨고, 비교적 수준이 있는 이들은 다음에 벌어질 참사에 두 눈을 질끈 감는다.

카카카칵!

쇠를 긁는 듯한 거친 소음이 울려 퍼졌다. 그리고 갑작스러운 정적이 찾아왔다.

"큭!"

도제경이 실눈을 뜨고 조심스레 연무장을 살폈다. 그러다 갑자기 두 눈이 휘둥그레지며 연무장의 두 사람을 뚫어져라 보았다.

"이럴 수가!"

연무장 위에는, 임사균이 고개를 떨군 채 사지를 늘어트리고 있었고 담기령이 그런 임사균의 몸을 받치고 있었다. 미약하기는 하지만 임사균의 가슴팍이 움직이고 있는 것으로 보아 두 사람 다 무사해 보였다.

하지만 그로 인해 도제경은 다행스러운 마음보다는 놀라움이 더 컸다.

일월삼십육섬의 마지막 일 초인 월광격일(月光擊日)은 동귀어진의 초식이었다. 수준의 차이가 현격하다면 모르지만, 동등한 수준에서 그것을 막는 것은 절대 불가능하다 알려져 있는 공격이었다.

그런데 담기령이 그것을 막아 내는 것도 모자라, 임사균을 혼절시키기까지 했으니 놀랄 수밖에.

너무 놀라 입을 쩍 벌리고 있는 도제경을 향해 담기령이 담담한 목소리로 말했다.

"내상을 입은 것 같으니 모시고 돌아가 요양을 시키는 것이 좋겠습니다."

덤덤한 목소리로 말했지만, 속으로는 놀란 마음을 진정시키고 있었다. 임사균이 이렇게까지 덤벼들 거라고는 생각지도 못했으니 당연한 일.

양쪽 팔뚝에 차고 있는 흑야와 창월, 두 개의 비구를 이용해 팔황불괘공으로 공격을 받아 내지 못했다면 이 자리에는 두 구의 시체가 나뒹굴고 있을지도 모를 일이었다.

여전히 머릿속이 멍한 도제경을 대신해 이석약과 청이문이 연무장으로 올라섰다. 청이문이 임사균을 등에 업고 이석약이 그것을 도와주는 사이, 담기령이 이석약을 향해 말했다.

"이 정도면 자격이 되겠습니까?"

아까 이석약이 꺼냈던 말이었다. 하지만 대답은 돌아오지 않았다.

실력을 확인하자며 억지로 벌인 비무에서 도삭까지 일으켜 죽이려 들었고 결국에는 동귀어진의 수법까지 사용했다. 그런데 담기령은 그 동귀어진의 일 초까지 완벽하게 막아냈으니, 더 무슨 말을 할 수 있겠는가.

어깨를 축 늘어트린 채 돌아서는 명도문 사람들을 향해

담기령이 한마디 덧붙였다.

"처주무림대회가 열리는 날 명도문에서 어찌하실지 기대하겠습니다."

하지만 명도문의 누구도 뒤돌아보는 사람은 없었다. 한시라도 빨리 이곳을 벗어나고픈 마음뿐이었다.

명도문 사람들이 종종걸음으로 장원을 떠난 후, 뒤늦게 담씨세가 사람들의 입에서 함성이 터져 나왔다.

"소, 소가주님이 이겼다!"

"와아아아!"

모두들 환한 표정으로 양손을 마구 휘두르며 기뻐한다. 소가주의 엄청난 무공이 놀랍고, 세가의 위상이 또 한층 높아졌다는 것이 기뻤으며, 자신들이 방금 소가주가 보여준 무공을 익히게 될 거라는 생각에 마음이 부풀어 올랐다.

'이른 감이 있지만 서두르는 게 좋겠군.'

지금 보여준 힘은 오직 자신의 힘이지 담씨세가의 힘은 아니었다.

물론, 집단으로 싸울 경우 담씨세가의 힘이 여느 방파에 밀리는 것은 아니다. 하지만 그 역시 담기령에게 의지하는 측면이 컸다. 외당 무인들의 높은 훈련 상태도 크게 한몫하기는 했지만, 그보다는 담기령의 전술과 용병술이 더 많이 작용하는 탓이었다.

그러니 조금이라도 서둘러 세가 무인들의 수준을 끌어올

려야 했다.

며칠 동안 용천무관에서 홀로 수련하며 살펴본 바로는, 현 시점에서 철격을 익힐 수준이 된 사람은 단 한 명 있었다.

'어느 정도 자극이 될 테지.'

일단 한 사람이 앞서가게 되면 다른 이들도 더 기를 쓰고 그 뒤를 쫓게 되는 법이었다.

담기령이 가볍게 손을 들어 환호성을 내지르는 사람들을 진정시켰다. 그리고 모두의 얼굴을 훑어보며 말했다.

"내일 확인을 통해, 충분한 체력이 만들어진 사람부터 철격과 기갑무를 전수하겠다."

"와아아아!"

또다시 터져 나온 거대한 함성이 용천무관을 뒤흔들었다.

3장

비전의 수련법

"컥, 커헉!"

숨이 가쁜 정도가 아니라 숨이 토해지는 기분이다. 이대로 폐가 쪼그라들어도 이상할 것이 없을 것 같았다.

"혀, 형님!"

담기명이 나오지 않는 목소리를 쥐어짜 외쳤다.

"뭐하느냐?"

하지만 되돌아온 냉정한 목소리에 담기명은 문득 서러운 기분을 느꼈다.

"자, 잠깐만요!"

한껏 숨을 들이킨 후 단말마의 비명이라도 지르듯 외쳤다.

"흐음……."

담기령이 옅은 한숨과 함께 발을 멈추고 담기명을 보았다. 그리고 담기명 주변을 비롯해 그 뒤쪽을 살폈다.

그리고 짧게 혀를 차며 딱하다는 표정으로 말했다.

"체력들이 이따위니 무공이 다들 그 수준에 머물러 있는 것이다."

단지 담기명만을 두고 하는 말이 아니었다. 담기명 주위로 담씨세가 외당삼향의 향주 두 명이 비틀거리며 서 있었고, 그 뒤쪽으로 외당 무인 백여 명이 시체처럼 바닥에 쓰러진 채 하늘을 보며 숨을 몰아쉬고 있었다.

하지만 누구보다 안쓰러운 사람은, 몸을 거의 반으로 접은 채 흐느적거리고 있는 담고성이었다.

"령아……."

담고성의 애처로운 목소리에 담기령은 저도 모르게 한숨을 푹 내쉬었다. 그리고 냉정하기 짝이 없는 목소리로 말했다.

"아버지, 가주로서 위엄을 지키셔야죠."

"이 아비는……."

담고성이 땀과 먼지가 범벅이 된 채, 방금 들은 가주로서의 위엄도 잊고 바닥에 철푸덕 주저앉았다.

"하아, 하아!"

가쁜 숨을 몰아쉬어 보지만 도무지 호흡이 정돈이 되지

를 앉았다.

이 모든 일은, 어제 비무가 끝난 후 담기령이 했던 말로 인해 시작되었다.

'충분한 체력이 만들어진 사람부터 기갑무와 철격을 전수해 주겠다.'

아침부터 설치며 나선 사람이 담기명이었다. 뒤이어 향주들이 나서고, 외당 무인들 또한 앞다투어 달려 나왔다. 그리고 마지막으로 담고성이 가주로서, 앞으로 세가의 무공이 될 것을 모르면 안 된다며 끼어들었다.

문제는 담기령이 말한 충분한 체력. 용천무관에서 담기령이 달린 만큼을 달릴 수 있다는 조건이었다.

그리고 그 결과가 지금이었다.

두 다리로 멀쩡하게 서 있는 사람은 단 두 사람이었다. 한 사람은 당연히 담기령이었고, 또 다른 한 사람은 놀랍게도 외당의 무인인 기응천이었다. 담기령처럼 멀쩡한 상태가 아닌, 힘에 겨워 죽을 것 같은 모습이었지만 그래도 꿋꿋하게 내딛는 발에는 아직 힘이 남아 있었다.

그 외에는 하나같이 바닥에 쓰러져 있었고, 그나마 상태가 좋은 사람도 얼굴을 땅에 처박을 기세로 허리를 굽히고 있었다. 체격 조건과 타고난 신력, 그리고 체력까지 가장 좋은 숭인향주 권일마저도 금방에라도 쓰러질 듯 비틀거리고 있었다.

입고 있는 옷이 땀으로 후줄근해지고, 그 위에 흙먼지가 얹혀 거지도 이런 상거지가 없을 정도.

오늘 장원에서 번을 서는 바람에 안타까워했던 율천향주 윤명산과 율천향 무인들이 오히려 부러울 정도였다.

다들 기겁한 표정으로 기응천을 보았지만, 이내 이어진 담기명의 외침에 모두의 시선이 담기령에게로 옮겨 갔다.

가까스로 호흡을 정리한 담기명이 항변하듯 물었다.

"우리가 외공을 익히는 것도 아닌데, 이렇게까지 체력이 필요한 겁니까?"

동시에 모두의 눈동자가 담기령에게로 향했다. 담기령이 시켰기 때문에 군말없이 열심히 체력을 단련하고는 있었지만, 그들로서도 이해하기가 힘든 수련이었던 것이다.

그런데 돌아오는 대답이 가관이다.

"외공을 익히는 거다."

"예?"

"흠, 다들 외공을 좀 얕잡아 보는 모양인데, 내 무공도 외공이다."

"허, 형님 갑자기 무슨 뜬금없는 말입니까?"

믿을 수 없었다. 담기명과 담고성은 물론, 저만치 쓰러져 있던 외당무인들조차 깜짝 놀라 고개를 쳐들 정도였다. 담기령의 칼에서 솟구치던 도기를 자신들의 눈으로 똑똑히 보았는데 외공이라니.

담기령은 그런 반응들을 예상했다는 듯 담담한 표정으로 고개를 끄덕였다.

「중원 무림에서는 내공과 외공을 구분하고, 그중 외공을 천시하는 경향이 있단다.」

「내공? 외공? 그게 뭐예요?」

「사실은 그런 구분 자체가 말이 안 되는 것이지만, 중원의 무인들은 언젠가부터 그렇게 구분하고 있단다. 내공은, 정해진 호흡법과 구결의 음미, 명상과 관조, 마지막으로 운기행공을 통해 단전에 공력을 쌓는 것을 말한단다.」

「그럼 외공은요?」

「육체적인 단련과 초식 등등 외부로 드러나는 신체를 이용한 무공 전체를 일컫지. 하지만 중원의 무인들이 천시하는 외공은 바로 육체적 단련을 통한 무공이란다.」

「이상하네요? 우리는 그렇게 수련하잖아요. 할아버지도 그렇게 하셨고요.」

「그래, 아까도 말했지만 내공과 외공은 하나다. 굳이 구분해서 부를 필요가 없지. 아까 말한 중원 무인들의 내공 또한, 그에 맞는 초식의 수련을 통해서 비로소 자신의 것이 되는 거지. 이는 바꾸어 말하면, 외공의 수련과 내공의 수련은 동시에 행할 수 있다는 뜻이 되는데 중원 무림에서는 언젠가부터 그 둘을 별개의 것으로 나누는 고정관념이 자리잡게 된 것이지.」

「이상하네요?」

「이상한 것은 아니란다. 어쨌든 그 방법으로도 높은 깨달음을 얻는 사람들이 나오니까. 하지만 그렇게 구분을 지으면서부터 먼 길을 돌아가게 된다는 것은 분명하지. 사실 이 할아버지도 처음 이곳에 왔을 때, 기사들의 수련 과정을 보고 아주 놀랐단다. 나도 그런 고정관념이 박혀 있는 중원인이었으니까.」

'말이 나온 김에 이 고정관념을 없애야겠군.'

담기령은 그렇게 마음 먹은 후, 자신을 향해 시선을 모으고 있는 사람들을 향해 손짓을 했다.

"잠시 쉬면서 이야기를 좀 들어 보십시오."

그 말에 사람들의 얼굴이 대번에 밝아졌다. 분위기상 중요한 무리(武理)에 대한 강론이 있을 것 같았지만, 그보다는 금방에라도 녹아 버릴 것 같은 지친 몸을 쉴 수 있다는 것이 더 반가웠던 것이다.

세가의 가주는 물론, 둘째 공자와 외당 무인들이 모두 모여 담기령 주변에 자리를 깔고 앉았다. 그리고 용천무관을 열면서 새롭게 받아들인 수련생들이, 그런 사람들의 모습에 눈치를 살피더니 슬쩍 바닥에 엉덩이를 붙였다.

자리에 없는 이는 단 세 사람, 조금 전 담기령의 말을 듣지 못한 탓인지 여전히 기를 쓰며 뛰고 있는 기웅천과 저 멀리 시체처럼 널브러져 있는 유춘과 이세신이었다.

담기령이 차분한 표정으로 앉아 있는 이들 모두와 시선을 맞춘 후, 천천히 자세를 고쳤다. 그리고 허공을 향해 연달아 세 번의 주먹을 내질렀다.

휘이익!

쿠웅, 쉬익!

콰앙, 쉐에엑, 파앙!

분명 자세는 비슷했지만 울려 퍼지는 소리는 물론, 보는 것만으로도 그 위력이 현저히 다른 세 번의 주먹질이었다.

자세를 가다듬은 후, 담기령이 담기명을 향해 물었다.

"방금 전 세 번의 주먹질의 차이가 무엇이냐?"

담기명이 별걸 다 물어본다는 듯 대답했다.

"첫 번째는 그냥 힘으로 뻗은 주먹이고, 두 번째는 진각을 밟아 체중을 실었고, 세 번째는 공력을 실은 발경이지요."

"무공의 수준으로 나누어 본다면?"

"단순히 힘으로 뻗은 주먹은 논할 가치도 없고, 체중을 실을 수 있으면 삼류, 공력을 실을 수 있으면 이류, 거기서 더 나아가 공력을 몸 밖으로 뽑아 예기를 만들어 낸다면 일류가 되죠."

"그래, 보통 그런 기준으로 나누게 되지. 그럼 이런 경우는 그중 어느 수준에 속하게 되느냐? 영약의 도움을 받아 강력한 내공을 품고 있지만, 체중을 싣는 진각조차 깨치지 못한 경우 말이다."

"그, 글쎄요?"

담기명은 생각지도 못한 물음에 고개를 갸웃거릴 수밖에 없었다. 딱히 무가는 아니지만, 돈이 많아 어려서부터 영약을 섭취하고 그것을 통해 내공을 지닌 이들이 있다는 것은 알고 있었다. 그런 이들은 웅혼한 내공 덕분에 무병장수하기는 하지만, 무림에 속한 이들은 아니기에 굳이 무림의 기준을 들이댈 필요가 없기 때문이었다.

"그러면 그 반대의 경우를 생각해 보아라. 삼류 수준의 무인이 이류나 일류 무인을 이기는 경우가 꽤 많은데, 그렇게 높은 수준의 무인을 이긴 삼류 무인은 어느 경지로 보아야 하느냐?"

담기명은 이번에도 고개를 갸웃거리며 똑같은 말을 흘렸다.

"그, 글쎄요?"

담기령은 과거 할아버지에게 들은, 무림인들의 무공을 보는 관점에 대한 이야기를 머릿속으로 더듬으며 다시 질문을 던졌다.

"이류의 기준인 발경은, 자신의 체중을 이용하는 방법을 모르는 한 터득할 수 없다. 이는 또 어찌 생각하느냐?"

처음에는 쉴 수 있다는 생각에 좋다고 주저앉았던 이들의 표정이 묘하게 변했다. 한 번도 생각해 본 적이 없는 일이다. 그렇게 배웠으니 그렇게 익혔고, 그러한 흐름을 타는 것이 당연한 것이라 생각했었다.

그런데 문득 들어보니 애매하다. 담기령의 말은, 단순히 무공의 수준을 나누는 것에 대한 것이 아니라 내공과 외공에 대한 이야기이기 때문이다.

담씨세가의 무인들이 앉은 자리에서 수근거리는 소리가 울려 퍼졌다. 아직까지 왜 저런 이야기를 하는 건지 모르는 이들이 옆사람에게 묻고, 그 이유를 듣고는 고개를 끄덕이면서도 묘한 얼굴을 한다.

잠깐의 소란스러움이 지나간 후, 좌중이 다시 조용하게 가라앉았다. 그리고 담기령의 말이 이어졌다.

"내공과 외공이라는 것이 원래는 굳이 구분할 필요가 없는 것이기 때문이다."

"그게 무슨 말입니까?"

담기명이 이해할 수 없다는 얼굴로 물었다. 그렇다면 지금까지 자신들이 배운 것은 무엇이며, 내공을 통해 깨달음을 얻고 저 높은 경지에 오른 이들은 또 무엇이란 말인가?

"공력, 즉 기(氣)라는 것은 내공을 따로 익혀야만 생기는 것이냐?"

담기명은 물론 모두 하나같이 고개를 젓는다. 당연히 그렇지 않다. 사람은 살아 있는 한 기와 함께하는 법이다. 다만 그 크기가 어떠한가, 혹은 그것을 자신의 의지로 움직일 수 있는가 하는 차이가 있을 뿐이다.

"우리 가문의 담가도법을 생각해 보아라. 그것은 외공이냐, 내공이냐?"

직접 말을 하는 대상은 담기명이었지만, 실제로는 앉아 있는 모두에게 하는 말이다. 무공을 조금이라도 배운 이들은 마음속으로 대답을 되뇌고, 무공을 모르는 이들은 담기명의 입을 쳐다보며 답을 기다렸다.

"그야 외공이지요."

"그렇다면 따로 내공을 수련하지 않고 담가도법만 꾸준히 수련한다면 방금 말한 단순한 '기'가 아닌 무인들의 공력이 있을 것 같으냐, 없을 것 같으냐?"

"있을 리가 없지요."

담기명이 뚱한 표정으로 대답을 했다. 하지만 담기령은 고개를 저었다.

"틀렸다."

"네?"

"도법의 흐름을 따라 몸속에 쌓여 있던 공력이 같이 흐른다. 꾸준한 수련으로 담가도법에 걸맞은 공력이 쌓이고 순환되기 때문이다. 다만, 스스로 그것을 느끼지 못하고 임의대로 운용하지 못하는 것뿐이다."

"에이, 그럴 리가요?"

"아까 말했던 상황을 생각해 보아라. 삼류 무인이 이류나 일류 무인을 이기는 상황이 종종 나타나는 것 말이다. 그 이유가 바로 흔히 말하는 '외공'의 꾸준한 수련으로 몸속에 그 외공에 꼭 맞는 공력이 생성되어 있기 때문이다."

"하지만 아무리 그렇다 해도 삼류 무인이 절정 이상의 무인을 이기는 예는 거의 없습니다."

"절정의 경지에 들기 위해서는 내공만이 아닌 외공 역시 상당한 경지까지 익혀야 하기 때문이다. 그리고 그것이 아까 말한 내외공의 구분이 틀린 관점이라고 말하는 이유다. 단순히 엄청난 내공만 있다고 해서 수준이 올라가는 것이 아니라, 그 내공을 제대로 운용할 줄 알아야만 경지가 오르기 때문이지. 그리고 외공을 제대로 익히지 않는 한, 내공의 제대로 된 운용은 있을 수 없다."

담기명이나 담고성, 각 당주들이나 무인들 모두 하나같이 이마에 짙은 주름을 접었다. 이해가 갈 것도 같지만, 명확하게 머릿속에 그려지지가 않는 탓이다.

담기령은 그들에게 잠시 생각할 시간을 준 후, 다시 말을 이었다.

"굳이 그것을 이해하려고 할 필요는 없다. 다만, 내 방식을 따른다면 내공과 외공을 동시에 수련하게 될 것이다. 아니, 아까도 말했듯이 그 둘은 원래 하나니 구분할 필요가 없지. 그냥 한 가지만 확실하게 말해주마. 내가 이끄는 대로 제대로 수련만 한다면, 적어도 절정의 경지를 약속한다."

"헉!"

"바, 방금 들었나? 소, 소가주님이 절정이라고 하셨나?"

"절정이면…… 도, 도기를 쓸 수 있다고?"

"내가 지금 제대로 들은 것 맞지?"

갑작스레 왁자한 소란스러움이 사방으로 퍼진다. 처음에는 제 귀를 의심하는 표정을 짓더니, 그 다음에는 설마하다가, 마지막에는 두 눈 가득 열망을 품고 담기령을 보았다.

저렇게 약속할 정도라면 충분히 가능하다는 뜻이었다.

"열심히 수련하겠습니다!"

여기저기서 스스로를 격려하듯 다짐하는 소리가 터져 나왔다.

그때 담기령이 가볍게 손을 들어 올리며 말했다.

"그리고 약속한 대로."

그 말에 모여 있던 이들이 급히 입을 다물었다. 동시에 담기령이 무인들이 모여 앉아 있는 곳의 뒤쪽을 가리키며 말했다.

"충분한 체력이 만들어진 기응천에게는, 앞으로 세가 무인들의 기본공이 될 철격을 전수한다."

모두들 목이 꺾일 기세로 홱 하고 고개를 돌렸다. 그곳에는 아까 담기령의 말을 듣지 못해 계속 장원의 담 안쪽을 따라 달렸던 기응천의 모습이 보였다.

"그, 그럴 수가!"

기응천이 속한 숭인향의 향주 권일이 말도 안 된다는 듯 소리를 질렀다.

"형님, 저는요!"

담기명 또한 서러운 표정으로 제 형을 보고, 담고성은 마른 입술을 핥으며 애매한 표정으로 아들을 보았다.

"이보게, 기응천!"

담기령의 외침에 힘겹게 움직이던 기응천이 발을 멈추고 고개를 돌렸다. 그리고 자신을 부른 사람이 존경해 마지않는 소가주라는 것을 확인하고는, 힘겨운 것도 잊은 채 급히 달려갔다.

"헉헉, 부르셨습니까?"

"자네는 이만 들어가서 푹 쉬었다가, 내일 아침 수련을 시작할 때 여기 무관에 있는 내 방으로 오게."

상황을 이해하지 못한 기응천이 얼떨떨한 표정으로 물었다.

"예? 왜요?"

"철격을 전수해 줄 걸세."

"철격이요?"

기응천이 담기령의 말을 되뇌며 고개를 갸웃거렸다. 언

젠가 들어본 적이 있는 이름인데 바로 기억이 나지 않는다. 그러다 갑자기 화들짝 놀라며 큰소리로 외쳤다.

"저, 전에 말씀하신 그 무공 말입니까?"

"그렇다네."

"지, 진짜요?"

"내가 자네한테 거짓말을 할 이유가 있나? 내 말을 믿고 착실하게 수련을 한 결과야."

"가, 감사합니다!"

기응천이 장원이 떠나갈 정도로 큰소리로 외쳤다. 담기령의 약속을 믿고 한 점의 의심도 없이, 담기령이 시킨 수련을 정말 착실하게 지켜온 결과였다.

"그럼 내일 아침에 보세."

"예, 소가주님!"

기응천이 힘찬 목소리로 외치고, 담기령이 가볍게 손을 저으며 홀연히 걸어갔다.

그리고 기응천은 담씨세가 모든 사람들의 뜨거운 눈총을 받으며 아주 해맑게 웃었다.

"옷을 벗게."

"예?"

기응천의 두 눈이 휘둥그레졌다. 해가 뜨기도 전에 담기령의 방으로 찾아온 참이었다. 그런데 들어오자마자 대뜸

옷을 벗으라니 당황하는 것이 당연한 일.

"철격을 가르쳐 주겠다 하지 않았나? 그러니 옷을 벗게."

"예, 예……."

기응천이 떨떠름한 표정으로 주섬주섬 웃통을 벗었다.

"바지도 벗게."

"컥! 왜, 왜요!"

기응천이 반항심 가득한 표정으로 버럭 소리를 지른다. 무공을 전수해 주는데, 연무장도 아닌 방으로 오라고 한 것도 이상하게 생각하던 참이었다.

"필요한 과정일세."

당연하다는 얼굴로 대답하는 담기령의 말에, 기응천이 슬쩍 눈치를 살피더니 주섬주섬 바지를 벗었다.

짧은 속바지로 가린 중요 부위를 제외하고 전신이 발가벗겨진 기응천의 귀에 믿지 못할 이야기가 파고들었다.

"침상에 눕게."

"소가주님!"

결국 기응천이 황급히 뒷걸음질을 치며 기겁한 표정으로 외쳤다.

"왜 그러나?"

"서, 설마……."

비역질을 즐기는 사내놈들이 가끔 있다는 말은 들었었다.

취향도 참 별나다는 생각을 했었었다. 하지만 존경하는 소가주님의 취향이 그럴 줄이야.

"설마라니? 뭐 말인가?"

"저, 저는 나, 남색은……."

말을 더듬는 기응천을 향해 담기령이 기가 찬 표정을 짓더니 싸늘한 목소리로 말했다.

"농짓거리나 할 때가 아닐세. 얼른 눕게."

짧게 명령을 내린 담기령이 방에 놓인 탁자를 향해 다가갔다. 기응천이 아까부터 궁금한 눈길로 힐끔 보았던 물건들이 탁자 위에 쌓여 있었다.

손가락 두 개 정도 폭의 긴 천을 돌돌 말아 놓은 수십 개의 붕대(繃帶) 뭉치와 뚜껑 없는 상자에 담긴 쇠구슬들이었다. 상자 내부에는 다시 칸막이가 만들어져 있어 모두 다섯 칸이었는데, 각 칸마다 담겨 있는 쇠구슬들의 크기가 달랐다. 가장 작은 것이 깨알 정도의 크기라면, 가장 큰 것은 엄지손가락 한 마디 정도의 크기 정도였다.

탁자와 의자를 침대 옆으로 옮기더니, 의자에 앉으며 기응천을 재촉했다.

"뭐하나?"

"예? 아, 예."

기응천이 쭈볏거리며 눈치를 살피더니 슬그머니 침상에 누웠다.

"시작할 테니, 몸에 힘을 빼고 있게."

기응천에게 당부를 한 후, 담기령이 탁자에 놓인 붕대 한 뭉치와 쇠구슬을 손에 들었다. 그리고 진지한 표정으로 기응천의 발에 붕대를 감기 시작했다.

영문을 알 수는 없었지만, 적어도 자신의 소가주가 남색에 취미가 있는 게 아니라는 것을 확인한 기응천이 방금 전 들은 말 대로 몸에 힘을 뺐다.

기응천의 발 전체에 붕대를 감은 담기령이, 이번에는 쇠구슬 중 가장 작은 것을 들어 발바닥에 대고 그 위에 붕대를 감기 시작했다.

아주 꼼꼼하게 붕대를 감은 탓에, 기응천은 꽉 죄는 신발을 신은 것 같은 기분을 느꼈다.

하지만 담기령의 붕대는 양쪽 발에만 감는 것이 아니었다. 발에서 시작해, 종아리와 허리, 배는 물론 등, 가슴과 양팔까지 온몸에 붕대를 꼼꼼하게 감았다. 아랫도리 또한, 중요 부위를 제외하고 허벅지에서 허리로 감아 올려 단단히 매었다.

그러는 중간중간, 예의 쇠구슬도 종류 별로 집어 들어 온몸 곳곳에 대고 붕대를 감았다.

"끝났네."

거의 한 시진에 가까이 시간을 들여 하던 일을 마친 담기령이 손을 털며 말했다.

"이, 이건 도대체……."

기응천이 자신의 몸을 내려다보며 말끝을 흐렸다. 모르는 사람이 보면 영락없이 온몸에 상처를 입고 누워 있는 환자의 꼴이었다.

"철격을 익히기 위한 준비일세."

"그렇군요. 그런데……."

"또 궁금한 게 있나?"

"쇠구슬이 너무 배기는데요?"

발바닥에서부터 등은 물론 양팔과 가슴 배 온몸 곳곳에 쇠구들을 붙여 놓은 것과 같은 상태였다. 배기는 게 당연한 일.

"당연한 걸 왜 묻나? 따라오게."

"이, 이러고요?"

"당연히 옷은 입어야지."

"윽!"

침상에서 내려서던 기응천이 저도 모르게 옅은 신음을 흘렸다. 발바닥에 대어져 있는 쇠구슬 탓이었다. 신발에 작은 종이뭉치 하나만 들어가도 거슬리는 게 사람의 감각이다. 그런데 쇠구슬을 아예 고정시켜 놓고 그대로 움직이라니.

하지만 담기령은 아무런 설명도 없이, 방에 있던 두 자루 칼을 들고 성큼성큼 방을 나섰다.

"가, 같이 가시지요! 억, 윽!"

기응천이 연신 신음을 흘려댔다. 그러면서도 뒤뚱거리며 황급히 담기령의 뒤를 따른다.

"어?"

그러다 황급히 발을 멈추며 담기령의 등을 보았다. 방문을 열고 나선 담기령이 갑자기 멈춰 선 탓이었다.

문을 연 채 우뚝 선 담기령이 딱하다는 표정으로 사방을 둘러보았다. 담기령의 방 앞, 사방의 건물 곳곳에 몸을 숨긴 채 이쪽을 주시하는 시선들을 느낀 탓이었다.

주변을 한 번 쓱 훑어보던 담기령이 차분하게 가라앉은 목소리로 말했다.

"기명아."

동시에 누군가 불쑥 솟구치듯 건물의 모퉁이 뒤에서 튀어나왔다.

"예, 형님!"

담기명이었다.

"여기서 기웃거릴 시간에 조금이라도 더 단련을 하는 것이 무공을 전수받을 길일 거다."

"아하하, 그것이……."

담기명은 쑥쓰러운 듯 뒤통수를 긁적이는 담기명에게서 시선을 돌린 채, 주변을 둘러보며 말했다.

"이왕 왔으니 철격의 수련 광경을 보는 것도 나쁘지 않겠지. 다들 따라와라."

그때 누군가 쪼르르 담기령 앞으로 뛰어왔다.

"소가주님!"

용천무관에서 일을 하는 하인이었다. 하인이 뭐라 말을 하기도 전에, 담기령이 먼저 물었다.

"운산철방에서 사람이 왔느냐?"

"아, 예. 그렇습니다요."

"안으로 들어오라 이르게."

"알겠습니다."

하인이 곧장 뒤돌아 왔던 길을 따라 뛰었다.

담기령이 다시 사방을 향해 말했다.

"뭣들 하는가? 다들 나오게."

그 말에 사방에서 사람들이 조심스레 모습을 드러냈다. 모두 외당 무인들이었는데, 어제 기회를 놓쳤던 율천향주 윤명산과 숭인향주 권일도 사람들 틈에 끼어 있었다.

"마침 힘 쓸 사람이 필요하니, 오늘 새벽 단련은 그걸로 대신하기로 하지. 다들 따라와라."

용천무관은 원래 감천방의 총타였던 곳으로 일반적인 장원의 형태를 갖추고 있었다. 그런 곳을 담씨세가에서 외원에 있는 전각들을 대부분 무너트려, 지금은 넓디넓은 공터가 자리잡고 있었다.

"저게 뭡니까?"

담기령을 따라 걷던 담기명이 궁금한 듯 물었다. 공터 한 가운데 묘한 물건들이 쌓여 있는 탓이었다.

무관의 하인들과 새벽 수련을 위해 나온 수련생들 쌓아 놓은 물건들 주위에 둘러 서서 궁금한 표정을 짓고 있었다.

담기령이 다가가자, 쌓여 있는 물건들 곁에 서 있던 사내가 다가왔다.

"나오셨습니까, 담 공자. 말씀하신 물건들입니다."

운산철방의 주인인 오중산이었다.

"무리한 부탁이었는데 이렇게 맞춰 주셔서 감사합니다."

"하하, 담씨세가의 부탁인데 무리를 해서라도 맞춰야지요. 아참, 말씀하신 연장들도 가지고 왔으니, 사용하신 후에 철방으로 돌려 주십시오."

"고맙소. 대금은 나중에 따로 장원의 고 총관에게 말씀하시면 됩니다."

"예, 감사합니다."

말을 마친 오중산이 철방의 인부들과 수십 개의 수레와 함께 장원을 떠났다.

"형님, 도대체 저게 뭐냐니까요?"

담기명이 아까 했던 질문을 또 한 번 던지며 쌓여 있는 물건들을 살폈다.

길이가 이 장은 족히 넘을 듯한 두꺼운 쇠기둥이었다. 한

쪽에는 나뭇가지처럼 사방으로 삐죽삐죽 철봉들이 튀어나와 있고, 반대쪽 끝에는 받침대처럼 넓은 원반이 달려 있었다.

대충 스무 개는 넘어 보이는데, 각각의 쇠기둥들의 튀어나온 철봉들의 위치가 제각각이었다.

"기다리면 알게 될 것이다."

짤막하게 대답한 담기령이, 밖에 나와 있는 하인들과 외당 무인들의 수를 세어 본 후 말했다.

"아홉 명씩 나누어 서게."

외당 무인들과 수련생들, 그리고 하인들이 영문도 모른 채 우왕좌왕하며 아홉 명씩 무리를 이루어 섰다. 담기령은 그중 담기명이 속한 무리를 한 번 보고는, 바닥에 놓인 쇠기둥 중 하나를 가리키며 말했다.

"저걸 가지고 따라와라."

담기명과 무인들이 영문도 모른 채 무거운 쇠기둥을 들고 담기령의 뒤를 쫓았다.

공터의 가운데로 걸어간 담기령이 발을 들어 땅에 열 십자를 그렸다. 그 후 담기명을 향해 말했다.

"땅을 파고, 정확하게 이 지점에 그 쇠기둥을 심어라. 받침대가 있는 쪽이 아래쪽이다. 기둥 중앙에 표시가 되어 있을 테니, 그 부위까지 땅에 박히도록. 연장들은 운산철방에서 빌려 준 것이 있으니, 그걸 쓰도록."

담기령이 가리킨 곳은, 쇠기둥이 쌓여 있는 곳 옆이었는데 그곳에 삽과 곡괭이들이 가득 쌓여 있었다.

"혀, 형님!"

담기명이 깜짝 놀라 외쳤다. 아무리 그래도 자신은 가주의 아들이었다. 그런데 땅을 파고 기둥을 묻는 일을 시키다니.

"자격도 되지 않으면서 무공의 전수 장면을 엿보려 한 벌이다."

냉랭한 담기령의 말에 담기명이 억울한 표정을 짓는다. 하지만 담기령은 이미 몸을 돌려, 쇠기둥이 쌓여 있는 곳을 향해 성큼성큼 걸어가고 있었다.

"이 공자님, 저희가 하겠습니다."

함께 온 외당 무인들이 말했지만, 담기명은 억울한 표정을 지으면서도 고개를 저었다.

"같이하세."

괜히 요령을 피웠다가는 형님께 또 무슨 벌을 받을지 몰랐다. 그러니 시키는 대로 하는 게 좋다.

담기명이 힘차게 삽질을 하는 사이, 담기령은 외당 무인들을 한 무리씩 끌고 와 쇠기둥을 심을 곳을 일일이 지정해 주었다.

쇠기둥은 모두 스물네 개. 오늘 장원에서 번을 서는 순지향을 제외한 외당 무인 백 명, 수련생 백 명, 그리고 하인

스무 명이 아홉씩 짝을 지어 무관 내부의 공터 곳곳에서 삽질을 하기 시작했다.

"소가주님, 저는 뭘 하면 될까요?"

기응천이 어정쩡한 자세로 물었다. 자신이 속한 승인향의 향주 권일에 심지어 이 공자 담기명까지 삽질을 하고 있는데, 한가로이 서 있기가 눈치가 보인 탓이었다.

"자네는 따로 할 일이 있지."

대답과 함께 담기령이 들고 있던 칼 두 자루 중 한 자루를 기응천에게 건넸다.

"아, 이건 그저께 소가주님이 쓰셔던 그 칼이군요."

"지금부터 철격을 펼쳐 보일 테니, 한 초식 한 초식 잘 보고 기억하게."

"예!"

기응천이 잔뜩 기대에 부푼 표정으로 힘차게 대답했다. 뒤이어 담기령이 칼을 들고, 철격의 기수식을 취했다.

"저, 저거 저래가지고 제대로 익힐 수나 있겠습니까?"

"음?"

열심히 삽질을 하던 윤명산이 수하의 말에 손을 멈췄다. 그리고 수하가 가리키는 쪽으로 슬쩍 시선을 돌렸다.

"음?"

윤명산이 미간에 잔뜩 주름을 접으며 고개를 갸웃거렸다.

그리고 뭔가 떠오른 듯 슬쩍 물었다.

"아까부터 들리던 소리가 저 친구가 내는 소리였나?"

"예, 아까부터 저러고 있더라니까요?"

수하가 고개를 끄덕인다. 윤명산은 삽질에 너무 열중한 나머지 제대로 신경을 쓰지 못하고 있었던 것이다.

윤명산의 시선이 멈춘 곳에서는, 기응천이 뭔가 자세를 잡으며 칼을 휘두르고 있었다. 그런데 칼 한 번 휘두르는데도 쉴 새 없이 멈칫멈칫 하는 모양새가 참으로 괴이했다.

"억, 윽! 윽!"

게다가 한 번 멈출 때마다 입에서는 연신 신음을 흘려내는 것 또한 이해하기 힘든 모습. 기응천의 모습을 잠시 지켜보던 윤명산이 또 한 번 고개를 갸웃거린다.

"펼치기 힘든 초식은 아닌 것 같은데?"

그러더니 손에 들고 있던 삽을 들고 방금 전 기응천이 펼친 초식을 따라해 본다.

"저 친구가 그렇게 재능이 없었나?"

"그렇지는 않을 텐데요?"

자신들은 알지 못하는 무언가가 있나 싶었지만, 그래도 역시 이상하다.

기응천의 온몸에 붕대가 감겨 있는 것은 물론, 몸 곳곳에 쇠구슬이 단단하게 대어져 있는 것을 모르는 윤명산으로서는 그리 생각할 수밖에.

그러다 윤명산의 머릿속에 또 다른 것이 떠올랐다. 그리고 방금 전 펼쳤던 초식을 또다시 삽을 들고 펼쳐 본다.

"딱히 대단한 것 같지도 않은데?"

지금 기응천이 수련하고 있는 도법은, 소가주님이 말한 철격일 게 분명했다. 그런데 딱히 대단한 느낌이 들지 않았던 것이다.

그런데 그런 의문을 품은 사람이 단순히 윤명산만이 아닌 모양이다. 삽질을 하고 있는 장소 곳곳에서 한두 명씩 삽을 들고 기응천을 따라하는 모습들이 보인다.

"흠, 자네는 어찌 생각하나?"

윤명산이 방금 전 자신에게 말을 걸었던 수하에게 슬쩍 물었다. 그런데 대답이 돌아오지 않는다.

"못 들었나? 자네는 어찌 생각하냐니까?"

하지만 여전히 대답은 없었다.

"지금 내 말을 무시하는…… 헉!"

버럭 소리를 지르며 고개를 돌리던 윤명산이 갑자기 얼어붙은 듯 그 자세 그대로 굳었다. 고개를 돌리는 순간, 담기령과 눈이 마주친 것이었다.

담기령이 담담한 표정으로 물었다.

"그러고 보니 율천향은 어제 시험을 받지 못했군."

"그, 그렇지요."

"내일은 번을 서는 날이 아니지?"

"물론입니다."

"그럼 내일 율천향만 따로 확인해 보는 것으로 하지."

순간 윤명산의 표정이 환하게 변했다. 그렇지 않아도 어제 참가하지 못한 것이 억울하던 참이었다.

"감사합니다!"

윤명산이 큰소리로 외쳤다. 하지만 그를 바라보는 다른 외당 무인들의 얼굴에는 안쓰러운 표정이 떠올라 있었다.

쇠기둥을 박는 작업이 끝난 것은, 점심을 먹고도 한 시진이 지난 때였다. 쇠기둥을 박는 자체는 진작에 끝이 났지만, 쇠기둥이 흔들리지 않도록 땅을 다지는 일이 한참 걸린 탓이었다.

"하아, 차라리 수련을 하지."

여기저기서 고된 몸을 다독이며 흘리는 소리가 새어 나왔다. 쉴 새 없이 땅을 밟기만 하는 일이라는 것이 보통 지루하고 힘든 과정이 아니니 당연했다.

"어? 시작하는 모양입니다."

누군가의 말에, 모두의 시선이 담기령과 기응천에게 모였다.

스물네 개의 쇠기둥들이 좌우로 열을 지어 살짝 휘어 있는 하나의 길을 만들고 있었다. 담기령과 기응천이 서 있는 곳은 바로 그 길의 입구였다.

"시작하게."

"예!"

기응천이 씩씩한 목소리로 대답했다. 하지만 슬쩍 시선을 돌려, 자신을 뚫어져라 보고 있는 사람들의 표정을 확인한다. 자신만 이런 대우를 받는 것 같아 괜히 눈치가 보인 탓이다.

"어서 하게!"

"알겠습니다!"

큰소리로 대답한 기응천이 칼을 세게 그러쥐었다. 동시에 힘차게 한 발 앞으로 내딛으며 칼을 휘둘렀다.

쩌엉!

요란한 쇳소리와 함께 쇠기둥이 크게 진동한다.

"끄아악!"

동시에 기응천이 단말마에 가까운 비명을 질러대며 그 자리에 그대로 쓰러졌다.

"소, 소가주님!"

볼썽사나운 꼴로 엎어진 채 담기령을 보았지만, 담기령은 엄한 눈빛으로 기응천을 재촉할 뿐이었다.

"철격을 전수받는 것이 쉬울 거라 생각했나? 어서 일어나."

"크, 알겠습니다."

힘겹게 몸을 일으킨 기응천이 크게 심호흡을 하며 쇠기

둥을 노려보았다. 정확하게는 쇠기둥의 중간 쯤에 삐죽 튀어나온 철봉을 향한 시선.

꿀꺽!

저도 모르게 마른침을 삼켰다. 잔뜩 긴장된 표정으로 호흡을 가다듬은 후, 세차게 땅을 밟으며 칼을 휘둘렀다.

쩌엉!

예의 쇳소리가 울렸다.

"끄악!"

또다시 비명이 터져 나왔다. 바닥에 쓰러진 기응천이 잔뜩 겁을 먹은 표정으로 담기령을 보았다.

철봉을 후려친 순간, 손을 타고 올라온 거대한 반발력 때문이었다.

기응천 역시 오랜 시간 수련을 쌓은 무인이었다. 아직 일류는 못되도 이류 수준은 되었다. 그러니 철봉을 후려쳤을 때의 반발력 정도는 익숙해져 있는 것이 당연한 일.

하지만 그러지는 못한다.

단순한 반발력이 아닌 탓이었다. 철봉을 후려치는 순간 되돌아온 반발력은 지금껏 기응천이 겪어본 수준의 것이 아니었다. 뻐근하고 저릿한 통증이 손에서부터 발끝까지 전신을 관통했다. 머리카락이 쭈볏 서고 감각이 마비될 정도로 극렬한 통증.

담기령이 기응천을 내려다보며 담담한 목소리로 말했다.

"지금 자네가 겪고 있는 그 통증은 나 역시 겪었던 것일세."

"이, 이렇게 하면 정말 수련이 되는 겁니까?"

기응천이 처음으로 존경하는 소가주의 말에 의문을 표시했다. 그만큼 고통스러운 감각이었던 탓이다.

"다시 한 번 해보게."

"예?"

"이번에는 쓰러져도 상관 없으니, 그 통증이 자네 몸에서 어떻게 흐르는지 최대한 느껴보게."

"알겠습니다."

힘겹게 몸을 일으킨 기응천이 크게 숨을 고르고 다시 한 번 칼을 휘둘렀다.

"끄으윽!"

이번에는 비명을 참으며 자신의 몸을 관통하는 예의 그 감각을 최대한 느끼려 애썼다.

"어떻던가?"

"그것이……."

순식간에 지나간 일이었다. 기응천은 애써 기억을 더듬어 방금 전의 그 감각을 떠올렸다. 그리고는 자신없는 목소리로 말했다.

"손에서 발끝까지 흐른 후에, 다시 역으로 올라와 단전까지 솟구쳤습니다."

"제대로 파악했네. 그 흐름의 역순이 바로 공력의 온전한 흐름이야. 또한, 자네가 느낀 반발력이 철격과 기갑무를 펼치는 데 필요한 공력이 쌓이는 과정일세."

"고, 공력이요?"

기응천이 믿을 수 없다는 표정을 짓는다. 세상에 들도 보도 못한 방법이지 않은가.

"단순한 반발력이 아닐세. 자네 몸에 감은 붕대와 곳곳에 박힐 듯이 대어져 있는 쇠구슬을 통해 근육의 움직임을 다듬고, 혈을 자극하면서 만들어지는 걸세. 아까 철격의 각 초식을 펼칠 때 병행해야 한다는 호흡에 대해서 기억하고 있지?"

"예, 물론입니다."

"그 호흡까지 한꺼번에 작용을 하는 걸세."

기응천은 어안이 벙벙한 표정으로 담기령의 말을 되새겼다. 담기령이 당연한 반응이라는 듯 고개를 끄덕였다.

"나는 분명히 그렇게 해서 이 무공을 익혔다네. 그러니 의심하지 말게."

사실 지금 담기령은 기응천에게 한 가지 설명을 하지 않고 있었다. 바로 자신이 감았던 붕대에 대한 것이었다.

게르네스 대륙에는, 중원에 없는 묘한 기술이 하나 있었는데 바로 붕대를 감는 법이었다. 근육의 결을 따라 붕대를 죄듯이 감아주면, 본래 가지고 있는 힘보다 더 강한 힘을 낼 수 있도록 해주는 효과가 있는 것이다. 간단하게 말하면 붕대가 근육의 보조 역할을 해주는 것이다.

케인 드레이크는 이 방법을 자신이 알고 있는 기경팔맥의 흐름과 조화시켜 한층 더 강한 효과를 낼 수 있도록 개선시켰다. 그리고 전신의 혈도 곳곳에 쇠구슬을 대어 놓음으로써 혈을 자극하는 효과까지 더했다.

그 결과, 붕대로 인해 본신의 힘보다 한층 강한 힘을 낼 수 있게 하고, 동시에 호흡과 병행해 혈도를 자극함으로써 공력을 쌓을 수 있게 된 것이었다.

하지만 근육이 본래보다 더 강한 힘을 낼 수는 있지만, 해당 근육은 더 많은 힘을 내야 하니 무리가 되는 것은 당연한 일. 그것을 통해 근육까지 한꺼번에 단련을 시키는 것이었다.

중원에서는 유래를 찾아볼 수 없는 놀라운 수련법. 한 가지 단점이 있다면, 수련 당사자는 전신에 가해지는 엄청난 고통을 감내해야만 하는 지독한 수련법이라는 점이었다.

이 붕대를 감는 방법은, 드레이크 공작가 기사단의 비전으로 수련법이 외부로 유출되는 것을 막기 위해 가문의 직계들에게만 전해지는 것이었다.

그러다 보니 기응천에게 붕대를 감은 것의 효력에 대해서는 말하지 않은 것이다.

물론, 그 비전을 지키기 위해 공작가의 직계가 기사들의

몸에 직접 붕대를 감아 주는 번거로움을 감수해야 한다는 단점이 있기는 했다. 하지만 그로 인해 외부로 유출될 가능성이 현저히 줄어드니 어쩔 수가 없었다.

"내가 되었다고 할 때까지, 그 붕대를 풀지 말게."

"예?"

기웅천이 기겁한 표정으로 외쳤다. 붕대를 풀지 말라니.

"자, 잠은 어떻게 잡니까?"

등판에도 곳곳에 쇠구슬이 대어져 있었다. 이대로 눕는다면 등이 배겨 제대로 눕기도 힘들 터.

하지만 담기령의 대답은 냉정했다.

"그 붕대는 수련을 위해 감은 것인 만큼 일정 수준에 오르기 전에는 절대 풀어서는 안 되네. 참지 못하고 그걸 푼다면, 더 이상 철격을 수련할 수 없을 거야. 물론, 나는 그 붕대를 두 번 감아 주지 않을 걸세."

단순히 수련을 할 때만이 아니라, 일상생활 자체가 수련이 되도록 해야 했다. 그러니 붕대를 푸는 것은 당연히 금지였다. 게다가 붕대를 감는 법 자체가 비전이었으니, 한 사람에게 여러 번 보여주면 안 된다는 것도 이유 중 하나였다.

"그럼 혹시 씻는 건……."

"알아서 하게. 붕대만 풀지 않으면 되니까."

"커흑!"

기응천이 기겁한 표정으로 비명을 질렀다. 이 상태로 목욕을 하면 당연히 온몸의 붕대가 축축하게 젖을 것이다. 그런 붕대를 말릴 방법은, 체온과 바람에 붕대가 마를 때까지 기다리는 수밖에 없는데 그러자면 겉옷을 입지 말아야 했다.

하지만 축축한 붕대를 온몸에 감고, 속옷만 입고 돌아다닐 수도 없다. 결국 씻지 말라는 뜻이었다.

"아, 알겠습니다."

기응천이 울 것 같은 표정으로 고개를 끄덕였다.

"그럼 익숙해 질 때까지 수련을 하도록 하게."

"예!"

용천무관에는, 악을 쓰는 듯한 외침이 쩌렁쩌렁 울려 퍼진 후 요란한 비명이 하루 종일 울려 퍼졌다.

4장

처주무림대회

"하하하! 오랜만에 뵙습니다, 담 가주님. 제가 조금 늦었습니다."

방으로 들어서자마자 호탕한 웃음을 터트리는 이는, 사십대 초반쯤으로 보이는 중년 사내였다. 담고성이 반가운 표정으로 포권을 하며 인사를 받았다.

"이 방주도 그간 별고 없으셨소? 아직 시작하지 않았으니 자리에 앉으시오."

사내의 이름은 이첨산. 선평현 용산방의 방주였다.

"우리야 뭐 별일 있겠습니까? 아, 그리고 지난번 일은 정말 죄송했습니다!"

이첨산의 말에, 그렇지 않아도 조용하던 방 안에 싸늘한 정적이 내려앉았다. 동시에 날카로운 세 쌍의 시선이 이첨산을 향해 꽂혔다.

하지만 이첨산은 그런 눈빛들은 조금도 신경 쓰이지 않는 듯 담고성에게 시선을 고정한 채 미안한 표정으로 뒤통수를 긁적인다.

"허허, 그 이야기는 차차 하기로 하고, 일단은 앉으시오."

"알겠습니다."

이첨산이 자리에 앉자, 담고성이 일어선 채로 방에 모여 있는 이들의 면면을 살폈다.

명도문 장문인 도제경, 운화현의 진가장 장주 진충회, 경녕현 상운방 방주 석대운, 그리고 지금 방으로 들어온 이첨산까지. 거기에 담고성을 포함한 다섯 명이 오늘 처주무림대회에 참석한 처주부 방파의 주인들이었다.

"바쁜 와중에도 자리를 빛내 주어 감사합니다."

담고성의 인사에 상운방 방주 석대운이 냉랭한 목소리로 말했다.

"확실히 담씨세가의 위세가 높기는 한 모양이오. 바쁜 걸 알면서도 사람을 오라 가라 하니 말이오."

의례적인 인사에 말꼬리를 잡는다는 것은 명백한 시비. 당연히 모두들 불쾌한 표정으로 석대운을 노려보았다.

그렇지 않아도 지난 철문방 문제로 인해 담고성의 얼굴

을 보기가 민망한 자리였다. 그럼에도 담씨세가의 청에 응한 데는 두 가지 이유가 있었다.

하나는 담씨세가에서 먼저 내민 손을 잡기 위해서였다.

철문방 때의 일은, 아무리 철문방의 협박이 있었다고는 해도 결국 오랜 세월 유지해 오던 처주부 방파들의 연대에 등을 돌린 일종의 배신이었다. 그런데 담씨세가에서 먼저 자리를 마련했으니, 조금이라도 관계를 회복하는 데는 더없이 좋은 자리였다.

나머지 하나는 드높아진 담씨세가의 위세 때문이었다. 물론, 담씨세가의 실질적인 힘이 어느 정도인지 확인할 길은 없었다. 하지만 눈에 보이는 결과가 있었다. 담씨세가는 철문방을 막았고, 그로 인해 철문방의 힘은 현저히 약해졌다. 직접 담씨세가의 힘을 확인할 담력이 없다면, 그것을 인정하는 수밖에 없었다.

그런데 석대운이 시작부터 초를 치니 눈빛이 곱지 않은 것은 당연한 일.

하지만 석대운은 오히려 팔짱을 낀 채, 턱을 한껏 치켜들고는 입꼬리를 비틀어 올렸다.

"뭘 그리들 보시오? 내가 뭐 틀린 말이라도 했단 말이오?"

모두의 얼굴에 짜증이 서렸다. 하지만 이내 포기한 표정으로 고개를 설레설레 흔들었다. 하루 이틀 본 사이가 아니다. 석대운은 원래 저렇게 뒤틀린 성격에 입에서 나오는 말 또한 늘 삐딱했다. 괜히 말을 섞어봐야 피곤하기 만할 뿐이었다.

그때 이첨산이 크게 웃으며 말했다.

"하하, 그래도 석 방주는 참석한 걸 보니 그리 바쁘지 않았던 모양이오?"

"뭐요!"

갑작스러운 말에 석대운이 버럭 소리를 질렀다. 하지만 이첨산은 능청스러운 표정으로 다시 한 번 웃으며 말했다.

"하하하, 뭘 그리 흥분하시오? 석 방주 성격에 바쁜 일을 제쳐 두고 여기로 오지는 않았을 게 아니오?"

"흥!"

입이 궁해진 석대운이 콧방귀를 뀌며 고개를 홱 돌렸다. 모두들 그 모습에 피식 웃은 후 다시 담고성에게 시선을 모았다. 석대운의 성격이 늘 저렇듯이, 이첨산 역시 저런 성격이기 때문에 두 사람은 늘 앙숙 같은 관계였던 것이다.

이첨산 덕에 분위기가 한결 밝아지자 담고성 또한 한결 편안한 얼굴로 말을 이었다.

"일단 하려던 이야기를 먼저 하지요. 서신으로도 제 뜻을 전했다시피, 저는 이번 기회에 우리 터전인 처주부의 왜구 문제를 완전히 일소하고자 합니다. 그리고 여러분들이 우리 세가와 뜻을 함께해 주십사 하는 부탁을 드리고자 이런 자리를 마련한 것입니다."

담가숭택의 장원 안에 임시로 마련된 취의청에 다시 정적이 맴돌았다. 그리고 정적을 깬 사람은 역시나 이첨산이었다.

"담 가주님의 뜻은 아주 훌륭합니다. 그리고 사실 지난 번 일로 인해, 가능하면 담씨세가를 돕고 싶은 마음입니다. 하지만 몇 년 전에 이미 한 번 논의를 했고, 현실적으로 불가능한 일이라 백지화했던 계획이 아닙니까?"

이첨산은 언행이 경박한 감이 있기는 했지만, 솔직한 성격이라 떠오르는 생각을 속에 품어두지 못하는 편이었다. 그런 성격 때문에 평소에는 크고 작은 마찰을 빚고는 했었는데, 오늘은 다들 천천히 고개를 주억거리며 서로 눈빛을 교환했다. 자신들이 직접 하지 못하는 말을 대신해 준 셈이기 때문이었다.

이첨산의 말이 끝나자 석대운이 예의 냉랭한 목소리로 물었다.

"담씨세가의 그런 뜻이야 아주 훌륭하오. 고매하다고 할까? 하지만 이 방주의 말대로 이미 포기했던 일이 아니오? 그런데도 굳이 다시 이야기를 꺼낸 특별한 이유가 있소?"

담고성이 천천히 고개를 끄덕이며 대답했다.

"일단은 저희 세가의 이야기를 한 번 들어 보시고, 각자의 생각을 말씀해 주십시오. 제가 말재주가 조금 부족한 편이라, 그 일에 대한 설명은 저희 세가의 이 학사가 해 줄 겁니다."

말을 마친 담고성이 자리에 앉고, 한쪽 구석에 조용히 앉아 있던 이세신이 몸을 일으켰다.

이세신은, 용천무관에서 한 달 수련이 아직 끝나지 않은 탓인지 얼굴에는 피곤이 잔뜩 매달려 있었다. 게다가 처주부 내에서는 나름 거물급인 사람들 앞에 서야 하는 탓에 얼굴에 긴장감이 흘렀다.

"후우!"

심호흡으로 마음을 가다듬은 이세신이, 취의청 내의 사람들을 향해 정중하게 포권을 하며 입을 열었다.

"새롭게 담씨세가의 책사를 맡은 이세신입니다. 처주부의 명망 높은 분들을 이렇게 뵙게 되어 영광입니다. 우선은 이 서책들부터 확인해 주십시오."

인사를 마친 이세신이, 탁자 한쪽 구석에 쌓여 있던 책들을 집어 들고 네 사람에게 나누어 주었다.

"이건……."

서책을 받아 펼쳐 보던 도제경이 고개를 갸웃거리며 담고성과 이세신을 보았다. 다른 세 사람 역시 비슷한 반응이었다.

궁금증을 참지 못한 이첨산이 큰소리로 물었다.

"담 가주님, 지금 저희들을 데리고 농짓거리를 하시는

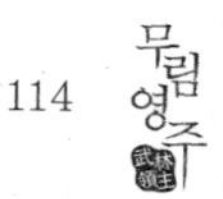

겁니까? 선박에 쇠사슬, 인원의 투입과 교대 방식, 숙소나 연무장, 수련 등등 몇 년 전에 논의했던 그 내용이 아닙니까?"

당연한 반응이었다. 펼쳐 든 책에는, 몇 년 전 처주부 아홉 방파의 주인들이 논의했던 사안들이 토씨 하나 바뀌지 않고 그대로 기재되어 있었던 것이다.

대답은 담고성이 아닌 이세신의 입에서 나왔다.

"다릅니다."

"뭐라? 지금 끝까지 우리를 데리고 장난을 치겠다는 건가!"

"바쁜 사람들 불러다가 장난을 치는 것도 정도가 있지 않소?"

"내가 보기에도 담씨세가의 의도를 모르겠소이다. 무슨 이유로 이미 실현 가능성이 없다고 결론 내렸던 계획을 다시 꺼내시는 것이오?"

다들 날카로운 눈빛으로 이세신을 노려보며 한마디씩 불만을 토로한다. 겨우 이런 이야기를 하자고, 처주무림대회라는 거창한 이름을 붙이고 자신들을 불러들였단 말인가.

"후, 후우!"

이세신은 연신 호흡을 고르며 부들부들 떨리는 어깨를 애써 추스렸다. 소규모라고는 해도 어쨌든 한 방파의 주인들이었다. 그런 이들이 뿜어내는 사나운 기세에 자꾸 어깨가 움츠러드는 것은 어쩔 수 없는 일.

"나눠드린 책의 마지막 장을 보십시오."

다리가 후들후들 떨리는 데도 애써 어깨를 펴며 말하는 이세신의 모습에, 모두들 손에 들린 책으로 시선을 내렸다.

"음!"

바쁘게 책장을 넘긴 도제경의 입에서 신음이 새어 나왔다.

"이, 이거 진심이오?"

이첨산이 불신 가득한 목소리로 외친다. 책의 마지막 장에 씌여 있는 내용은 그만큼 놀라운 이야기였다.

"다, 담씨세가에서 모든 비용을 부담하겠다고?"

냉랭하던 석대운조차 당혹감에 목소리가 떨리고 있었다.

당시 자신들이 이 계획을 결국 포기하게 된 이유가 무엇이었나. 바로 매년 투입될 어마어마한 비용 때문이었다. 그런데 그 엄청난 돈을 담씨세가에서 모두 부담하겠다고 말하고 있는 것이다.

"이제 좀 진정하시고 제 말을 좀 들어주십시오."

모두들 마른침을 꿀꺽 삼키며 이세신에게 시선을 고정시켰다.

"본 세가에서 비용을 부담하겠다고 말씀은 드리고 있지만, 믿기 힘든 이야기라는 것 또한 인정합니다. 무엇보다 매년 투입될 어마어마한 비용을 담씨세가에 지속적으로 감당할 수 있을지도 의구심이 들 겁니다."

누구도 소리를 내어 대답하지 않았다. 하지만 이세신의 말을 부정하는 사람 또한 없다. 담씨세가에서 비용을 부담하겠다는 내용을 확인한 순간, 모두의 머릿속에 가장 먼저 떠오른 생각이 바로 그것인 탓이다.

"그러니 일단은 그 불안감을 없애기 위해 미리 알려드릴 이야기가 있습니다. 본 세가는 얼마 전 철문방과의 마찰이 있었습니다."

"험험!"

여기저기서 헛기침이 튀어나온다. 그 이야기만 나오면, 자신들의 선택 또한 함께 떠오르는 탓이었다.

그에 대해 이세신이 못을 박 듯 설명을 더했다.

"그 일로 인해 마음이 편치는 않으시리라 생각합니다. 하지만 본 세가에서는, 앞으로의 큰일을 위해 지난 감정을 잊고자 합니다. 이는 저희 가주께서 처주부 전체를 위한 대승적 차원에서 내리신 결정으로, 여러분께서도 그 결정을 존중해 주셨으면 합니다."

말의 내용은 지난날을 잊자는 것이지만, 그 속에는 담씨세가에서 특별히 용서를 해 준다는 의미가 내포되어 있다.

"그렇다면 담씨세가에서는 그 일을 없었던 일로 치겠다 그런 말인가?"

이첨산의 물음에 이세신이 묘한 표정으로 고개를 갸웃거

렸다.

"이상한 말씀을 하시는군요. 어떻게 있었던 일을 없었다고 할 수 있겠습니까?"

"음?"

"처주부 내에서 그런 일이 있었다는 사실은 변함이 없습니다. 그리고 그 일은 처주부 무림의 분위기를 아주 크게 바꾸어 놓았습니다. 그 일이 없었다면, 오늘 이 자리에는 지금 계시는 네 분만이 아니라 다른 네 분도 함께 참석을 하셨겠지요."

처주부에는 아홉 개의 현이 있었다. 하지만 처주무림대회에 참석한 사람은 담씨세가를 포함한 다섯 개 방파뿐. 나머지 네 개 방파는 아무런 연락도 없이 참석하지 않았다.

한 방파에서 모임을 열면 어지간하면 다들 참석하는 것이 이전의 분위기였다. 그런데 지금은 겨우 절반만 참석하는 결과가 나왔고, 그 원인은 지난 철문방 당시의 선택으로 인한 것이었다.

"으음……."

여기저기서 침음성이 흘러나온다. 이세신이 한 말의 의미가 명백한 탓이다.

그 일을 문제 삼지는 않겠지만, 잊지도 않을 것이니 앞으로는 절대 그런 선택을 하지 말라는 일종의 경고.

이세신은 재빨리 말을 이었다.

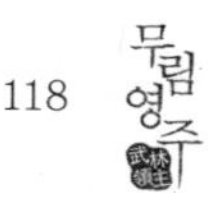

"철문방을 언급한 것은 그 이야기를 하고자 하는 것이 아니니, 앞으로 이 이야기는 꺼내지 않는 것이 좋겠군요. 하던 이야기를 마저 하겠습니다."

자칫하면 감정이 상할 수도 있는 내용이었다. 그런 생각을 오래하게 두는 것은 좋지 않은 법.

"당시 그 일이 끝난 후, 철문방으로부터 본 세가가 입은 피해에 대한 배상금을 받아 냈습니다. 금액은 사십만 냥입니다."

"헉!"

"사, 사십만!"

경악에 찬 목소리가 튀어나왔다. 철문방으로부터 거금을 받아 냈다는 것은 소문을 통해 알고 있었다. 하지만 그 금액이 사십만 냥이라는 거금이라는 사실은 오늘 처음 듣는 이야기.

"담씨세가는 그 돈을 이번 일에 투입할 생각입니다."

"그 돈을 전부 말인가?"

너무 큰 충격을 받은 탓인지, 급히 되묻는 도제경의 입에서 새된 목소리가 새어 나왔다.

"물론입니다."

뒤이어 이첨산이 급히 물었다.

"도대체 담씨세가에 무슨 이득이 있기에 그 어마어마한 금액을 모두 부담하겠다는 건가?"

"아까 말씀드렸던 것 같은데요? 저희 가주님께서 처주부 전체를 위해 내린 대승적인 결정이라고 말입니다."

"하, 하지만!"

그때 냉정하게 머리를 굴리던 석대운이 의표를 찌르듯 물었다.

"사십만 냥이 거금이기는 하지만, 계속해서 유지하기 위해서는 꾸준히 돈이 들지 않나? 사십만 냥의 돈은 시설을 짓는 데 모두 써야 될 걸세. 그리되면 이후 유지를 위해 들어갈 돈은 어찌 감당할 셈인가?"

그 말에 다른 이들이 서로 눈빛을 교환하며 고개를 끄덕인다. 당시 시설을 짓는데 드는 비용은 각 방파에서 추렴하기로 했었다. 하지만 그 후에 꾸준히 들어갈 비용 또한 부담이 컸기에 포기했던 일이다.

각 방파의 수입으로도 감당이 되지 않는 탓이었다.

"얼마 전, 용천현 인근에서 상당량의 은이 묻혀 있는 광맥이 하나 발견되었습니다. 그리고 그 은광의 채굴을 담씨세가에서 맡기로 하였습니다."

"은광이?"

"이후, 꾸준히 들어갈 유지비에 대해서는, 그 은광에서 벌어들이는 수입으로 부담을 할 계획입니다."

정확하게는 철문방에서 잠채를 하려 했던 은광이었지만, 그 이야기는 철문방과의 협의 시에 완전히 묻기로 한 내용이었기에 언급하지 않았다.

잠시 생각을 정리한 도제경이 물었다.

"그렇다면 굳이 우리를 이렇게 불러 모아 이야기를 할 필요가 없지 않은가?"

"하지만 그런 일은 돈이 있다고 다 해결되는 것이 아닙니다. 그렇기에 여러분을 모시고 도움을 청하고자 하는 것입니다."

"도움이라?"

"예, 돈으로는 해결할 수 없는 한 가지가 있지요."

이세신은 거기까지만 말을 하고는, 모여 있는 네 세력의 주인들에게 일일이 시선을 주었다. 마치 대답을 강요하는 듯한 눈빛.

잠시 고민하던 도제경이 조심스레 물었다.

"사람 말인가?"

"예, 맞습니다."

"하지만 그 정도 돈이라면 낭인들을 고용하는 것도 크게 무리가 되지는 않지 않은가?"

이세신이 곧장 고개를 내저었다.

"안 됩니다."

"음?"

"낭인들은 안 된다는 걸 아시리라 생각합니다만?"

다들 고개를 끄덕였다. 이 자리에 있는 이들은 모두 처주부에 있는 한 방파의 주인들이었다. 그리고 그 방파들은 긴 세월 그 자리에서 자신들의 영역을 지키고 있던 세력들.

왜구들의 약탈이 발생한 것은 꽤 오래전의 일이었고, 그런 만큼 무인의 부족으로 인해 낭인들을 고용한 적도 있었다. 그러니 다들 알고 있는 것이다. 왜구들을 상대하는 데, 낭인들이 생각보다 큰 도움이 되지 않는다는 것을 말이다.

물론 무공이 높은 낭인들을 고용하고 있으면 도움이 되기는 했다. 하지만 그 한계는 명백했다. 돈으로 고용된 낭인들은, 아무리 용맹하고 신뢰가 두텁다 해도 일단은 제 목숨을 더 중하게 여길 수밖에 없었다. 하지만 각 방파 소속의 무인들은, 자신들의 가족과 삶의 터전을 지키는 입장이기에 사명감을 갖고 싸웠고 그 차이는 아주 명백했다.

더군다나 왜구처럼 조직화된 집단을 상대하는 데는, 개개인으로 움직이는 낭인들보다는 수준이 떨어지더라도 조직적으로 훈련을 받은 소속 무인들이 더 많은 성과를 냈다.

이세신이 설명을 덧붙였다.

"원하신다면 파견되어 오는 무인들의 월봉을 본 세가에서 부담할 수도 있습니다."

그 말이 떨어지기가 무섭게 석대운이 싸늘한 목소리로 말했다.

"사람을 빼가겠다는 말인가?"

한 곳에서 생활을 하는데 월봉까지 담씨세가에서 지급한

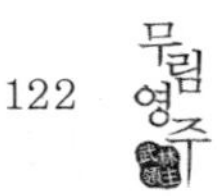

다면, 시간이 흐름에 따라 그 무인은 점차 담씨세가의 사람이 될 수밖에 없다는 것을 알기 때문이었다.

"그러니 단서를 붙이지 않았습니까? 원하신다면 그리해 드리겠다고 말입니다."

"흥!"

"일단 개략적인 내용은 말씀을 드렸으니, 세세한 부분을 설명 드리겠습니다."

이세신은 그렇게 운을 뗀 후, 시설을 만드는 데 투입될 비용과 유지비 등에 대한 세세한 항목들을 설명했다.

길고 지루한 내용이었지만, 누구 하나 딴청을 피우는 이가 없었다. 예전에 자신들이 이 일을 포기했던 이유가 떠오르는 동시에, 그 비용을 담씨세가에서 내겠다고 하니 새삼 담씨세가의 위세가 온몸으로 느껴졌다.

설명을 마친 이세신이 헛기침을 하며 잠시 목을 가다듬은 후 담고성에게 말했다.

"설명은 모두 마쳤습니다. 이제 준비하셨던 말씀을 하시지요."

"수고가 많았네."

이세신이 한 걸음 뒤로 물러서고, 담고성이 자리에서 일어났다. 또 무슨 할 말이 남았나 하는 생각에 다들 담고성에게 시선을 모았다.

"왜구를 막는 시설은, 몇 년 전 논의했던 것처럼 청전현에 짓게 될 것입니다. 그 일에 대해서 처주부의 섭문경 지부에게 이미 허가를 받아 놓았습니다."

"흐음!"

도제경이 저도 모르게 신음을 흘렸다. 이석약을 통해 들었던 담기령의 처주부 부도 방문이 떠올랐던 것이다.

"그리고 여러분께 한 가지 제안을 하고자 합니다."

새롭게 나온 제안이라는 말에 여기저기서 침 삼키는 소리가 울렸다. 지금 들은 이야기만으로도 어안이 벙벙한데, 또 무슨 제안을 하겠다는 말인가.

"처주부 모든 방파가 이전보다 단단한 결속을 맺고 힘을 모아 왜구들을 막아 내기 위해 하나의 단체를 만들고 그 이름으로 처주 무림의 모든 힘을 모으는 것이 좋지 않을까 합니다. 그 준비 단계로, 오늘 논의한 시설을 새롭게 만들 단체의 소속으로 정하고 싶소."

"헉!"

혹자는 헛바람을 들이키고, 혹자는 입을 쩍 벌린 채 다물 생각을 못한다.

담고성이 한 사람씩 시선을 맞춘 후 말을 이었다.

"하여 처주무련의 창설을 제안하고자 합니다."

묵직한 충격이 모두의 머릿속을 두드렸다.

지금 담고성이 말한 처주 무림의 연합은, 순수한 의미에서의 연합이 아니었다.

고만고만한 세력들이 모여 무리를 이룬다면 그것은 연합이 되겠지만, 하나의 커다란 세력이 주체가 되어 연합을 만든다는 것은 그 큰 세력이 다른 세력들을 흡수하겠다는 말과 다름이 없었다.

모두들 숨을 죽인 가운데, 도제경이 힘겨운 목소리로 입을 열었다.

"지, 지금 무슨 의미로 하시는……."

하지만 도제경의 말이 끝나기도 전에 이세신이 불쑥 앞으로 나서며 말했다.

"어디까지나 제안입니다. 또한 오늘은 이야기를 많이 나눈 듯하니, 일단은 마련해 드린 처소에서 쉬고 내일 다시 말씀을 나누는 것이 좋을 듯합니다."

자신의 말을 잘라 버린 이세신의 태도에 도제경이 불쾌한 기분이 들었지만, 감정을 드러내지는 않았다. 이세신이 저리 나선 데는 나름의 이유가 있는 것이라 느낌이 든 탓이었다.

아니나 다를까, 이세신이 말을 이었다.

"저녁에는 오늘의 처주무림대회를 축하하기 위해 연회를 마련해 놓았으니, 함께 즐겨 주시기 바랍니다. 그때까지 담가승택의 내원을 제외한 모든 곳을 개방하는 것은 물론, 용천무관의 연무장을 쓰실 분은 그곳을 쓰셔도 좋습니다. 또한 따로 의견을 나눠 보시는 것도 좋겠군요. 본 세가의 제안은 어디까지나 전체의 이익을 위한 것이라는 것을 알아주셨으면 합니다. 그러니 어느 쪽이 우리 처주무림을 위한 길인지 신중하게 고민해 주십시오."

도제경이 신중한 표정으로 담고성과 이세신을 번갈아 보았다. 생각할 시간을 줄 테니 고민해 보라는 뜻이다. 그전에 섣부른 태도를 드러내는 것은 분명한 불이익이 있으리라는 경고도 포함되어 있었다.

거기까지 생각한 도제경이 천천히 고개를 끄덕였다. 어차피 사나흘은 이어질 대회였다. 성급하게 이야기를 꺼낼 필요가 없었다.

"그럼 다들 쉬십시오. 먼저 물러가겠습니다."

담고성이 인사와 함께 걸음을 옮기고 이세신이 그 뒤를 따라나섰다.

뒤이어 지금까지 한마디도 하지 않았던 진가장 장주 진충회가 급히 방을 나섰다.

"허어, 이거 뭘 하자는 건지."

세 사람만 남은 방 안에 이첨산의 허탈한 중얼거림이 울렸다. 그리고 긴 침묵이 뒤를 이었다.

모두들 굳은 얼굴로 각자의 생각에 잠겼다.

"어떻게들 생각하시오?"

정적을 깨는 이첨산의 말에 석대운이 냉랭한 목소리로 말했다.

"생각씩이나 할 필요가 있소? 담씨세가에서 처주부를 전부 집어삼키겠다는 말이지."

"아무리 그래도 그렇지 담 가주께서 석 방주처럼 욕심 많은 성격도 아닌데 그러기야 하시겠소?"

"지금 뭐라 했소!"

석대운이 버럭 소리를 지르며 몸을 일으켰다. 하지만 이첨산은 조금도 위축되지 않은 표정으로 피식 웃으며 말했다.

"허허, 왜 이러시오? 지난번 담씨세가가 철문방과 부딪쳤을 때, 상운방에서 따로 낭인들을 모은 걸 내가 모른다고 생각하시오?"

"그, 그게 어쨌다는 건가!"

"낭인들을 모은 곳이 용천현과의 접경이었다는 것도 알고 있는데, 이제 와서 딴소리는!"

"이, 이자가 지금 무슨 말을 하는 건가?"

갑작스레 서로 언성이 높아지는 순간, 도제경이 자리에서 일어섰다.

"두 분은 말씀 나누시오. 나는 이만 가보겠소이다."

말이 끝나기가 무섭게 포권을 한 도제경이 급히 취의청을 벗어났다.

"흠, 나도 이만 가봐야겠군."

뒤이어 이첨산이 방을 나서고, 홀로 남게 된 석대운도 급히 장원에 마련된 자신의 처소로 향했다.

❖❖❖

“처주무련이라고요?”

이석약이 놀란 목소리로 물었다. 사부의 이야기를 듣는 순간, 담씨세가의 의중이 무엇인지 짐작이 갔다. 청이문 또한 팔짱을 낀 채 심각한 얼굴로 말했다.

“담 가주가 그 정도로 야망이 컸었습니까?”

“그러니 나도 당황스러운 걸세.”

그 대화에 대해 이석약이 다른 의견을 내놓았다.

“담 가주가 아니라 담 소가주의 뜻이 아닐까요?”

“담기령 말이냐?”

“예, 담씨세가의 모든 변화는 그가 돌아오면서부터 시작된 거잖아요.”

“그럴 가능성도 있겠구나. 하지만 그게 누구의 의향이든 담씨세가에서 자신들의 야망을 드러냈다는 게 중요하지 않겠느냐?”

“그렇기는 해요. 그래서 사부님은 어찌 생각하세요?”

도제경이 고개를 설레설레 저었다.

“모르겠구나. 마음 같아서는 당장 욕이라도 퍼붓고 청전현으로 돌아가고 싶다만…….”

그때까지 파리한 얼굴로 앉아만 있던 임사균이 힘겨운 표정으로 말했다.

"당장 돌아가야지 무슨 고민을 하십니까? 담기령 그놈의 무공이 예상외로 높기는 했지만, 다른 놈들의 무공은 예전과 다를 게 없습니다. 담씨세가가 처주부의 모든 방파들을 상대로 싸움을 걸 수도 없지 않습니까? 그러니 모두 함께 행동한다면 담씨세가도 어찌할 수 없습니다."

그 말에 도제경이 날카로운 눈빛으로 임사균을 노려보았다.

"자네는 그 입 좀 다물고 있게."

얼마 전의 비무로 인해, 명도문은 입장이 꽤나 곤란해진 상황이었다. 담기령이 문제삼지 않겠다는 뜻을 내비치기는 했지만, 어쨌든 실력을 보겠다는 비무에서 상대를 죽이려고 들었다는 것은 언제라도 빌미가 될 수 있는 문제였다.

임사균이 불만스러운 표정으로 고개를 홱 돌리지만, 도제경은 신경도 쓰지 않은 채 말을 이었다.

"문제는 담씨세가에서 처주부 부청에 이미 허가를 받았다는 사실이다."

"그 말은?"

"담씨세가에서 청전현에 들어오는 것을 우리가 막을 수 없다는 뜻이다. 더군다나 왜구를 막는다는 명분까지 있으니, 반대를 한다면 오히려 우리의 입지만 좁아질 뿐이다."

무거운 공기가 모두의 어깨를 짓눌렀다. 처주부 모든 방파들 중 명도문이 가장 곤란한 상황에 처했다는 뜻이기 때문이었다.

잠시 뭔가를 고민하던 이석약이 궁금한 표정으로 물었다.

"그런데 부청의 허가를 받았다는 것 외에 다른 이야기는 없던가요?"

"다른 이야기? 방금 말했듯이 담씨세가의 비용 부담과 섭 지부의 허가, 그리고 처주무련의 제안 외에 다른 이야기는 없었다. 왜 그러느냐?"

"이상하지 않아요?"

"이상하다니?"

도제경이 짐작 가는 것이 없는 듯 곧바로 되물었다.

"담씨세가의 위세나 명분, 거기에 부청의 허가까지 생각하면 향후 담씨세가의 힘이 더 강해지는 것은 당연해요. 하지만 현재의 담씨세가가 처주무련을 제안하고 다른 방파들을 찍어 누르겠다고 나설 정도로 커진 건 아니잖아요."

"현재로서는 조금 무리인 감이 있기는 하다만, 앞으로를 생각하면 그 정도 자신감은 당연한 것 아니겠느냐?"

"담 가주는 생각보다 신중한 사람이에요. 게다가 담 소가주 또한 패도적이기는 해도, 성급한 성격은 아닌 것 같았어요. 그런데도 이렇게 급하게 나온다는 건, 말하지 않은 무언가가 있다는 뜻이에요."

"말하지 않은 것? 혹시 짐작 가는 바가 있느냐?"
도제경의 물음에 이석약이 조심스레 고개를 끄덕였다.
"영녕계의 장계, 유제광이 담기령을 초대했던 일과 담기령이 그것을 거절했던 일을 기억하시지요?"
"그래, 네가 하운보에 갔다가 듣고 온 이야기가 아니냐?"
"영녕계는 처주부 전체를 아우르는 상단주들의 모임이에요. 영녕계에서 마음먹고 담씨세가를 압박하면, 담씨세가는 말라죽을 수밖에 없죠. 그런데도 담기령은 그것을 거절했어요. 영녕계의 힘을 무서워하지 않아도 될 무언가를 가지고 있다는 말이잖아요."
이전에도 잠깐 나눈 이야기였다.
"하지만 오늘 그와 관련된 이야기는 나오지 않았다."
"아직 숨기고 있다는 뜻이에요. 확실치는 않지만, 섭 지부에게 단순히 시설의 허가만 받은 게 아닐 거예요. 제 생각에는……."
이석약이 자신 없는 표정으로 말꼬리를 흐렸다. 그 모습에 도제경이 다음 말을 재촉했다.
"어서 말해 보아라."
"이전에 논의했던 내용은 배를 이용해 영녕강의 길목을 막는 것이었죠. 그리고 담씨세가에서는 그 계획을 그대로 들고 나왔고요. 아마, 그 시설을 통과하는 데 세금을 걷을 수 있게 된 게 아닐까요?”

“헉!”

도제경은 뒤통수를 얻어맞은 듯한 충격에 부르르 어깨를 떨었다.

처주부 대부분의 물류는 영녕강의 물길에 의존하는 상황이었다. 그런데 담씨세가가 그 물길을 통제한다는 것은, 처주부 전체의 상권을 좌지우지할 수 있다는 뜻과 다름없었다.

통행료를 과도하게 올려 받으면, 상단이나 표국은 운송에 그만큼 높아진 부담을 감수해야 했고 이는 다시 물가의 상승을 의미했다.

마음에 들지 않는 상단이나 표국에만 통행료를 징수하는 일도 가능해진다. 그 경우, 해당 상단이나 표국만 부담이 높아지고 가격이 올라가게 되니, 자연스레 고사할 수밖에 없는 것이다. 말도 안 되는 이야기지만 정황을 따져 보면 충분히 가능성이 있었다.

“섭 지부가 그런 일을 허락했을 리가…….”

듣고 있던 청이문이 자신 없는 목소리로 말했다. 하지만 되돌아온 이야기에 입을 다물 수밖에 없었다.

“보길사의 운산이라는 사기꾼을 징치하는 일을, 담기령이 주도했었어요.”

“섭 지부가 담기령의 입지를 높이기 위해 그 일을 맡겼

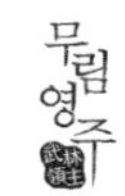

을 수도 있다는 말이냐?"

"네. 사숙 말씀대로 그럴 리가 없다고 생각하고 있지만, 정황들은 정반대로 흐르고 있어요."

"크음!"

잠시 정적이 흐른 후, 이석약이 조심스레 이야기를 이었다.

"어쩌면 이번 처주무림대회는, 담씨세가에서 옥석을 가리기 위해 만든 자리일지도 모르겠군요."

"옥석을 가려?"

"일단 어느 정도 자신들이 가지고 있는 힘을 보여준 상황이에요. 대신 결정적인 것은 이야기하지 않았죠. 우리가 어떻게 나오는지 지켜보겠다는 거예요. 이세신이라는 자가, 사부님의 말을 끊고 각자 생각해 보라고 했다 했지요? 사실 일을 주도하는 입장에서는 말이 안 되는 상황이잖아요."

도제경이 곧장 고개를 끄덕였다.

"이런 일에는 생각을 할 시간을 주지 않고 몰아치는 게 정석이기는 하지. 따로 시간을 주면 우리끼리 모여서 단합을 할 가능성도 있고."

"그런데도 논의를 멈추고 생각해 보라는 건, 우리가 어떤 결정을 내릴지 기다리고 있는 거예요. 다시 말하면, 우리 모두 처주무련을 거부한다 해도 감당할 자신이 있다는 뜻이죠."

"그 자신감 또한, 방금 말한 통행세가 사실이라는 쪽에 무게가 쏠린다는 말이더냐?"

"네."

도제경이 잔뜩 인상을 찡그렸다. 생각하면 할수록 골치가 아픈 일이었다.

청이문이 안타까운 표정으로 중얼거렸다.

"차라리 그때 담씨세가를 도왔다면, 우리의 입지도 높아졌을 텐데."

도제경이 곧바로 고개를 내저었다.

"그 일은 이미 지난 일이지 않은가? 당시 우리는 그런 선택을 할 수밖에 없었고, 그 선택에 대해서는 이제 감당하는 수밖에."

이석약이 물었다.

"사부님은 어찌하실 생각인가요?"

"후우, 일단은 저녁에 연다는 연회에서 분위기를 살피자꾸나. 급하게 결론을 내리기가 벅찬 상황이 아니더냐?"

"네. 그게 좋겠어요. 연회에서 또 다른 이야기가 나올 수도 있고, 일단은 편안한 분위기를 표방할 테니 넌지시 의중을 확인하는 것도 가능할 거예요."

청이문이 혹시나 하는 표정으로 말했다.

"담씨세가의 윤 향주와 친분이 있는 편이니 넌지시 한 번 물어보겠습니다."

"괜찮겠는가? 지난번 임 사제의 일로 감정이 좋지 않을 텐데?"

"아쉬운 쪽은 우리가 아닙니까? 어쩔 수 없지요."

"그럼 다녀오게. 나는 좀 쉬어야겠네."

생각지도 못한 충격을 연거푸 받은 탓인지 갑자기 피로가 몰려왔다.

"알겠습니다. 그럼 연회때까지는 돌아오겠습니다."

"그러게나."

쩌엉!

"크헉!"

요란한 금속성과 신음이 연거푸 울려 퍼졌다. 용천무관의 드넓은 연무장에 마련되어 있는 철봉이 삐죽삐죽 튀어나온 쇠기둥이 좌우로 늘어선 길에 네 사람이 줄을 지어 온몸을 뒤틀고 있었다.

철격의 초식에 딱 맞춰 박혀 있는 쇠기둥. 그리고 온몸에 쇠구슬과 붕대를 감은 네 명의 무인이 철격을 펼치고 있는 광경이었다.

현재 철격을 수련하고 있는 이는 모두 다섯이었다. 기응천이 자격을 얻은 후, 며칠 사이에 담기령이 말한 기준을 충족시킨 사람이 네 명 더 늘어난 것이었다.

그중 세 사람은 외당의 각 향 향주들이었다. 그리고 나머지 한 사람은 놀랍게도 수련생으로 들어왔던 오평안이었다.

그리고 지금은 장원에서 번을 서는 날이라 수련에 참석하지 못한 윤명산을 제외한 네 사람이 수련에 힘을 쏟고 있는 중이었다.

"참아라. 참지 못하고 자세가 풀리면 아무런 성과도 얻을 수 없다."

쇠기둥을 한 번 후려칠 때마다 몸을 뒤틀어대는 네 사람을 향해 담기령이 엄한 목소리로 외쳤다. 자세를 유지한 채 되돌아온 반탄력을 받아 내야만 제대로 공력을 쌓을 수 있기 때문이었다.

그때 담기령의 뒤쪽에서 누군가 힘없는 목소리로 말했다.

"소가주님."

뒤돌아보니 이세신이 다리를 부들부들 떨며 서 있었다.

"끝났소?"

"후우, 예. 우리가 원한 방향으로 일단 마무리를 지었습니다."

"꽤 힘들었던 모양이오?"

"이런 일은 처음이니까요."

아무리 작은 방파라 해도, 한 세력의 주인들이었다. 그들의 기세를 온몸으로 받아 내며 담담하게 이야기하는 것은

절대 쉬운 일이 아니었다. 십 년이 넘게 방 안에서 공부만 했던 이세신이 감당하기에는 더욱 힘든 일일 수밖에 없었다.

"그래도 마무리를 잘했다고 하니, 이 학사의 담력도 보통은 아닌 모양이오."

"허허, 담력이라기보다는 그냥 성격 덕분입니다."

"뭐, 어쨌든 수고가 많았소. 앞으로도 이런 일이 많을 테니, 익숙해 져야 할 거요."

담기령의 말에 이세신이 조금 질린 표정으로 고개를 끄덕였다. 어차피 맡기로 한 일이니 자신이 적응하고 좀 더 담대해지는 수밖에 없었다.

"그래, 반응들은 어땠소?"

"아직은 모르지요. 일단 저녁의 연회에서 뭐라고 하는지 지켜봐야 되지 않겠습니까?"

"그렇기는 하겠지만, 이 학사의 느낌이라는 게 있지 않소?"

"제가 볼 때는…… 진가장과 명도문은 일단 처주무련에 찬성하지 않을까 싶습니다."

"진가장?"

담기령의 의외라는 듯 되물었다. 명도문의 경우에는 지난번 일도 있고, 지리적으로 반대만 할 수 없는 입장이라 그럴 가능성이 컸다. 하지만 진가장은 담기령에게는 아무런 정보가 없었기에 당연한 반응.

"자리가 끝나자마자 진 가주가 저희 가주님을 쫓아오더군요."

"그래서?"

"하하, 저희 가주님께 갖은 간사를 떨며 허리를 굽실거리는 모양새가……."

이세신이 지금 생각해도 재미있다는 듯 피식 웃었다. 저러다 얼굴에 경련이 일어나는 거 아닐까 걱정스러울 정도로 과장스럽게 웃던 그 모습이 떠오른 탓이었다.

"흠, 그런 자가 있다면 우리로서는 나쁘지 않지. 나머지 두 방파는 어떻소?"

"글쎄요? 둘 다 그리 만만해 보이지는 않더군요. 상운방 석 방주는 생각보다 담력이 큰 것 같았고, 용산방 이 방주는 사람이 가볍고 호탕한 듯 보이지만 오히려 그 속에 칼을 품고 있는 것 같았습니다."

이세신은, 이첨산이 가볍게 말을 하는 척했지만 정작 중요한 순간에는 말을 아끼는 모습을 보여준 것을 떠올리며 말했다.

"일단은 저녁 연회 때 다시 상황을 살펴보아야겠군. 수고가 많았소이다."

"제 일이니 당연히 해야지요."

"그럼 마저 수련하시오."

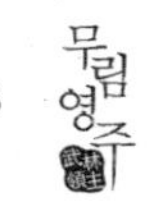

"헉!"

이세신이 흠칫 몸을 떨었다. 그 모습에 담기령이 놀리듯 물었다.

"내가 정한 한 달을 채우려면 아직 날짜가 꽤 남지 않았소?"

"하, 하하. 그렇지요. 알겠습니다."

이세신이 힘없는 목소리로 고개를 끄덕이고는 용천무관에 마련되어 있는 자신의 방으로 향했다. 회의에 참석하기 위해 오랜만에 깨끗한 옷을 입었었는데, 수련을 해야 한다면 다시 옷을 갈아입어야 했다.

담기령은 비틀거리며 걷는 이세신의 뒷모습을 잠시 지켜본 후, 저 멀리 이를 악물고 달리고 있는 담기명에게 다가갔다.

"기명아."

"헉, 헉! 예, 형님."

"저녁에 연회에 참석해야 하니, 이만 들어가자꾸나."

"저는 아직 좀 더 뛰어야 되는데요?"

"그래서 세가의 행사에 불참하겠다고?"

"하, 하지만!"

담기명이 울상을 지으며 형을 보았다. 그리고는 저 멀리 철격을 수련하고 있는 이들에게 힐끗 시선을 던졌다. 가주의 아들인 자신이 오히려 수련에 뒤지고 있으니 꽤나 마음이 조급해져 있는 상태였던 것이다.

"너는 가문의 직계인 만큼, 수련과 가문의 행사 모두를 감당해야 한다. 어서 준비해라."

엄하게 꾸짖는 담기령의 말에, 담기명이 힘없는 목소리로 대답했다.

"알겠습니다."

5장

처주무련

"편하게 즐기시기 바랍니다."

연회의 시작을 알리는 담고성의 말에, 뒤편에 앉아 있던 세 명의 예기들이 비파와 쟁, 해금을 연주하기 시작했다. 세 가지 소리가 한데 어우러지며 크지 않으면서도 경쾌한 분위기를 만들어 내는 것이, 현도에서 특별히 웃돈을 주고 부른 보람이 있다.

하지만 채 일각도 지나지 않아 곱게 단장한 세 기녀들의 표정에 그늘이 내려앉았다. 자신들이 오늘 이곳에 온 이유는, 연회의 흥을 돋우기 위해서였다. 그런데 연회장의 분위기가 바닥을 알 수 없을 정도로 깊이 가라앉고 있으니 그녀들로서는 당연한 반응이었다.

연회에 참석한 이들은 낮의 회의에 참석했던 네 사람과 그들이 함께 온 일행들.

명도문에서는 요양 중인 임사균을 뺀 세 사람이 참석했고, 진가장의 진충회는 자신의 딸과 함께, 상운방에서는 방주 석대운이 두 제자를 데리고 자리를 잡았다. 유일하게 혼자 온 이는 용산방의 이첨산이었다.

그리고 이번 처주무림대회의 주최자인 담고성과 두 아들인 담기령, 담기명이 앉아 있었다.

그 외에, 연회의 시중을 위해 시비들이 거리를 두고 서 있었고 그 끝에 고잔형이 연회의 흐름을 살피고 있었다.

끝도 없이 침잠해 들어가는 분위기를 끌어올린 사람은 역시나 이첨산이었다.

"담 가주께서 이번에는 정말 공을 많이 들이신 모양입니다. 예전보다 훨씬 더 훌륭합니다. 그러고 보니 내어 주신 객방도 크게 달라지기는 했더군요."

예전에는 처주부 방파들의 모임이 있을 때 장원의 조 숙수가 음식을 했다면, 오늘은 용천현 제일이라는 배 숙수를 불러다 음식을 만들었으니 당연한 일이었다.

담가숭택의 조 숙수 또한 출중한 실력이기는 했으나, 그래도 용천현 제일이라 불리는 데는 분명한 이유가 있는 법.

배 숙수와 그가 데리고 온 몇 명의 숙수들이 만든, 저 멀리 북방과 남방을 가리지 않고 동서를 섭렵하는 다양한 음식들은 보는 눈을 즐겁게 만들 정도다.

물론 담고성의 취향이 아닌, 담기령의 주장으로 인한 일이었다. 이런 상황에서 손님을 대접하는 자리는, 자신의 검박함을 알리는 곳이 아니라 자신의 능력을 최대한 보여주는 자리이기 때문이다.

그런 이유로 음식은 물론 내놓을 차까지 상급의 것으로 따로 구했고, 손님들이 묵을 객방을 죄다 뜯어고치고 각 방을 담당할 시비들까지 한시적으로 따로 고용한 참이었다.

그 탓에 고 총관이 세가를 말아먹을 거냐며 길길이 날뛰었지만, 담기령은 주장을 굽히지 않았다.

"크하하, 맛도 기가 막힙니다! 이참에 담가승택에 그냥 눌러앉고 싶을 정도군요."

순간 고잔형의 두 눈에 싸늘한 살기가 솟구쳤다. 그랬다가는 세가의 살림이 진짜 거덜날지도 모르니 총관으로서 당연한 반응이었다. 하지만 그것을 알아주는 사람은 아무도 없었다.

이첨산이 조금이라도 분위기를 바꿔준 틈을 타, 담고성이 재빨리 입을 열었다.

"허허, 마음에 든다니 다행이오. 그런데 다른 분들은 들지 않으십니까? 혹 음식이 입에 맞지 않습니까?"

뒤이어 담기령이 말을 보탰다.

"음식을 만든 숙수들이 아직 장원 안에 있습니다. 중원

전 지방의 어떤 음식이든 가능하다 했으니, 원하시는 요리가 있으면 말씀만 하시지요."

그 말에 다들 어색한 눈빛을 교환하며 젓가락을 들었다. 눈앞에 산해진미가 그득한데 여기서 다른 걸 원한다는 것 자체가 말이 안 된다.

"음……."

음식들을 한 점씩 입에 넣은 이들이 저도 모르게 고개를 끄덕였다. 술은 향긋하고, 음식들은 훌륭했다. 이첨산이 크게 칭찬한 것도 충분히 이해할 수 있는 수준이었다.

"흠, 뭐 나쁘지는 않지만 그래도 항주에서 먹은 것보다는 좀 떨어지는구려."

"석 방주는 먹지 않겠다면, 내가 먹겠소이다."

물론 석대운이 쓸데없이 한마디 더하기는 했지만, 바로 되돌아온 이첨산의 면박에 고개를 홱 돌렸다.

배 숙수는 어디까지나 용천현 내에서 제일이다. 중원의 이름난 도시의 숙수들과 견주기에는 무리가 있는 것도 사실이기는 했다.

"하하, 상유천당하유소항이라는 항주인데 아무래도 더 훌륭한 숙수들이 많지 않겠소?"

담고성이 농담처럼 말을 받으니 분위기가 한결 부드러워졌다. 그로 인해, 예기들 또한 조금은 밝은 표정으로 악기들을 연주하게 되었다.

"실은 담 가주님께 여쭤보고 싶은 것이 있습니다."

편안한 분위기 속에서 한담이 오가던 중, 이석약이 담고성을 향해 불쑥 말을 걸었다.

"말씀하시게."

"사부님께 전해 들은, 낮에 한 회의에서 담 가주님께서 하신 제안에 대한 것입니다."

순간 연회장의 분위기가 순식간에 차갑게 식었다. 악기를 다루던 예기들마저 깜짝 놀라 손을 멈출 정도로 급속도로 가라앉은 분위기.

하지만 이번에는 이첨산도 입을 열어 분위기를 바꾸지 않았다. 오히려 기다렸다는 듯 입을 다물었다. 사실은 참석한 모든 이들이 기다리고 있던 이야기이니 당연했다.

"흐음……."

담고성 또한 올 것이 왔다는 표정으로 고개를 끄덕이더니 고잔형에게 슬쩍 눈짓을 해 보였다.

그 시선을 받은 고잔형이 기다렸다는 듯 대기하고 있던 시비들과 악기를 연주하는 예기들을 모두 이끌고 연회장을 빠져나갔다.

정적 속에서 서로 눈빛을 주고받는 가운데, 담고성의 목소리가 조용히 울렸다.

"마음껏 물어보시게."

이석약이 천천히 호흡을 가다듬은 후 입을 열었다.

"용천무관에서는 해가 없는 틈을 타 재주를 전수한다 들었습니다만, 사실인지요?"

몇몇을 제외한 모두의 얼굴에 의아한 표정이 떠오른다. 영문을 알 수 없는 이야기니 당연하다.

하지만 담고성은 그 말을 단번에 알아듣고 대답했다.

"재능이 있는 사람에게만 따로 문을 열고 전수하는 것이 있다네."

글자의 모양에 대한 설명으로 뜻을 전하는 파자(破字)였다. 해가 없는 틈이라는 것은, 간(間:틈 간) 자에서 일(日:해 일) 자를 뺀 문(門:문 문)을 뜻하는 말이고, 거기에 재주(才:재주 재)를 전수한다 했으니 곧 폐(閉:닫을 폐) 자가 만들어진다.

왜구들을 막는 동시에 그 물길을 열어둘 것인지 닫아 둘 것인지를, 다시 말해 통행세를 받는 것인지를 에둘러 물어보는 것이었다.

거기에 대해 담고성이 재능(才)을 언급하며, 문을 닫아둔다는 뜻을 분명히 전한 것이다.

그리고 재능이 있는 사람에게만 따로 문을 열고 전수한다는 말은, 말 그대로 그 정도 식견이 있는 사람은 함께하겠다는 의미도 함께 포함되어 있는 말이었다. 즉, 명도문에서는 눈치를 챘으니 함께했으면 한다는 뜻이다.

하지만 명도문 사람들과 담고성, 담기명을 제외한 다른

이들은 그 말을 알아들을 길이 없었다.

가만히 그 대화를 듣고 있던 진충회가 조금은 짜증스러운 표정으로 물었다.

"이 소저는 지금 무슨 말을 하는 것인가? 담 가주께서 애써 마련한 연회를 망치기로 작정한 겐가?"

그는 이미 담고성이 말한 처주무련에 동참하기로 결정을 내린 상태였다. 운화현의 진가장은 처주부 아홉 방파 중 가장 힘이 약한 곳이었으니 당연한 결정이었다.

그렇기에 진충회는 오늘 연회에 오직 한 가지 목적만을 가지고 참석했다. 동행해 온 딸아이를 담기명에게 밀어붙여 어떻게든 좋은 관계를 만들어 두는 것이 바로 그 목적이었다.

솔직한 심정으로는 세가를 이어받을 담기령이 탐이 났지만, 아무리 생각해도 그건 힘들 거라는 결론이 났기에 둘째를 노린 참이었다.

그런데 연회의 화기애애한 분위기가 제대로 올라오기도 전에 이석약이 찬물을 끼얹었으니 기분이 좋을 리가 없었다. 게다가 중요한 이야기인 척해 놓고, 뜬금없는 말을 던지니 속에서 불이 솟구치는 기분이다.

자칫 험악해지려는 분위기에, 담고성이 급히 진충회를 저지했다.

"진 가주, 괜찮소이다. 내가 먼저 물어보라 한 것이 아닙니까? 그리 역정을 내시면 내 입장도 곤란해집니다."

"아, 그런 것이 아니라……."

확실하게 자세를 낮추는 진충회의 모습에, 다른 이들은 진충회의 심중을 명확히 알 수 있었다. 하지만 진가장의 존재는, 담고성의 제안에 대한 결정을 내리는 데 크게 영향을 줄 세력이 아니었다.

이첨산과 석대운의 얼굴에는 꽤 곤혹스러운 표정이 떠올라 있었다.

'명도문은 뭔가 예상을 했다는 말인데…….'

자신들은 알아들을 수 없다는 문답을 했다는 말은, 무언가 숨긴 채 서로의 의중을 확인했다는 뜻이었다.

'무슨 뜻이지?'

담고성과 이석약이 파자로 나눈 대화는, 통행료에 대해서 짐작하지 않는다면 짐작하기가 힘든 이야기였다.

애초에 이석약이 굳이 파자를 이용해 물어본 이유가, 다른 이들이 알아들을 수 없도록 말하기 위해서였다. 통행세의 이야기가 담씨세가에서 숨겨둔 패일 가능성이 큰 만큼, 그 이야기를 직접적으로 언급할 수 없기 때문이다.

그러니 두 사람이 곤혹스러워지는 것은 당연한 일.

하지만 그 누구보다 곤혹스러운 사람은 그 일의 가장 중심에 서 있는 담기령이었다.

'뭐, 뭐라는 거야? 아버지는 다 알아들으신 건가?'

모두들 각자의 생각에 잠기는 바람에 연회장은 더 없는 침묵 속으로 가라앉았다.

결국 담고성이 먼저 몸을 일으켰다.

"아무래도 연회를 계속할 상황은 아닌 듯하니, 오늘은 여기까지만 하는 것이 좋겠습니다. 그리고 내일은 동행하신 분들도 함께 참석해 이야기를 나눠 보았으면 합니다. 저도 령이와 명이를 데리고 참석하도록 하겠습니다. 그럼 편히 쉬십시오. 먼저 일어나겠습니다."

이첨산이나 석대운도 무언가 이야기를 할까 하여 기다리고 있었지만, 깊은 고민에 잠겨 말이 없으니 더 이상 자리를 지키고 있을 이유가 없었던 것이다.

"내일 뵙겠습니다."

진충회가 가장 먼저 일어나 인사를 했다. 속으로는 오늘의 기회를 놓친 것이 너무 아까웠지만, 담고성의 심기를 거스르고 싶지가 않았다. 그저 이석약이 미울 뿐.

뒤이어 명도문과 용산방, 상운방의 순서로 자리를 뜨고, 연회장에는 손도 대지 않은 음식들이 차갑게 식어갔다.

"간밤에 편히 쉬셨습니까? 불편함이 없도록 준비하라 일러두었는데, 잠자리가 잘 맞았는지 모르겠군요."

담고성이 취의청으로 들어서며 건네는 인사에 앉아 있던 이들이 자리에서 일어섰다. 지난밤, 담고성이 제안했던 대로 다들 일행들을 대동한 채였다. 이첨산만이 동행이 없었기에 홀로 있을 뿐이다.

"일단 앉으십시오."

담고성이 자리에 앉고, 담기령과 담기명이 좌우로 자리를 잡았다. 그리고 참석한 이들 또한 분분히 자리에 앉았다.

"바로 본론으로 들어가도록 합시다. 어제 제가 드렸던 제안에 대해서 생각들은 해보셨습니까?"

가장 먼저 대답한 이는 진충회였다.

"고민할 것도 없지요. 담씨세가에서 어마어마한 손해를 감수하면서까지 처주부의 안녕을 지키려 하시는데, 당연히 도와드려야 하지 않겠습니까? 저희 진가장에 처주무련의 일원이 될 기회를 주시면 감사하겠습니다."

"허허, 진 가주께서 그렇게까지 생각해 주시니 감사할 따름이오. 다 같이 처주부를 지키기 위해 힘쓰는 일이 아니겠소?"

담고성 또한 기분 좋은 얼굴로 진충회의 말을 받았다.

하지만 사실은 온몸에 소름이 돋는 기분이었다. 정확하게는 어제 회의가 끝난 후부터 진충회를 볼 때마다 느낀 기분이었다. 담백한 성격의 담고성에게, 비굴하고 아부가 심한 진충회는 전혀 맞지 않는 사람인 탓이다.

그럼에도 웃는 얼굴로 진충회의 말에 장단을 맞춰 줄 수

있는 이유는, 담기령과 이세신의 당부가 있었던 덕분이었다.

담기령과 이세신 역시 진충회 같은 인물은 그리 좋아하는 유형은 아니었다. 하지만 단체를 꾸려가는 데는 저런 인물도 필요하니 어지간하면 기분을 맞춰주라고 부탁을 했던 것이다.

"앞으로 크게 뻗어 나갈 담씨세가의 행사에 미력하나마 도움을 드릴 수 있어 영광입니다."

진충회는 처주무련도 아닌 담씨세가를 언급하며 아예 간신배의 전형적인 행태를 드러냈다.

"허허, 내 얼굴에 너무 금칠을 하는구려. 다 함께 나아가야 되지 않겠소이까?"

담고성이 얼굴 근육이 푸들거릴 정도로 힘겹게 웃으며 진충회와 말을 받아주는 사이, 담기령은 신중한 눈빛으로 이석약을 보고 있었다.

'충분히 도움이 될 수 있겠어.'

담기령은 지난밤 담고성과 이석약이 파자를 이용해 대화를 나눈 사실을, 연회장에서 나와 담기명에게 물어본 후에야 알 수 있었다. 할아버지에게도 듣지 못했고, 케르네스 대륙의 문자로는 할 수 없는 일이었으니 당연했다.

그리고 설명을 들은 후에는 저도 모르게 감탄을 터트렸다. 이쪽에서 그 사실을 숨기고자 한다는 것을 알고, 다른 이들은 전혀 알 수 없는 방식으로 공개적으로 대화를 나눈 것은 충분히 감탄할 만한 일이었다.

'아마, 오늘도 마지막에야 자신들의 생각을 말하겠지.'

통행료를 징수하게 된다는 사실이 알려지면, 누구도 담씨세가의 제안을 거부할 수 없게 된다. 그리되면, 이번 대회에서 상대의 의중을 파악하고자 하는 담기령의 목적은 이루지 못하게 되는 것이다.

마찬가지 이유로, 자신들이 어찌할지 의중을 밝히는 것도 마지막에 하는 것이 옳았다.

어제의 대화로, 명도문과 담씨세가 사이에 모종의 약속이 오고 간 정도는 다들 눈치채고 있을 터였다. 그런 명도문이 처주무련에 동참한다면, 다른 이들 역시 이유를 몰라도 일단은 명도문의 선택에 따를 가능성이 크기 때문이었다.

진충회와의 힘겨운 대화를 마친 담고성이, 아직 선택하지 않은 다른 이들을 향해 말했다.

"진가장에서 고마운 결정을 내려주었군요. 다른 분들은 결정하셨습니까?"

그러면서도 일부러 이첨산과 석대운 쪽으로 시선을 던졌다. 명도문에서 어떤 결정을 내릴지는 모르지만, 명도문의 결정이 다른 두 방파의 결정에 영향을 끼칠 것이 분명하니 의식적으로 가장 마지막에 이야기를 듣고 싶은 것이다.

이첨산이 예의 큰 목소리로 물었다.

"그전에 한 가지 여쭙겠습니다."

"말씀하시오."

"허심탄회하게 대답해 주셨으면 합니다."

"물론이오."

"처주무련의 결성이 무산되더라도, 그전에 말씀하신 계획은 그대로 진행하실 계획입니까?"

왜구를 막는 일에 담씨세가의 재산을 내어 주겠느냐는 말.

"물론이오. 처주무련을 결성하는 것이 그 일과 관련이 없지는 않소. 하지만 무슨 일이 있어도 진행을 할 계획이오."

"솔직하게 말을 해보지요. 저는 우리들이 딱히 정파니 사파니 구분을 하기 힘든 성격이라고 생각합니다. 담 가주님께서는 어찌 생각하십니까?"

"아무래도 그리 보아야 하지 않겠소? 좋은 일, 나쁜 일을 구분하기 전에 왜구들을 막는 게 급하니 그런 걸 생각할 겨를이 없으니 말이오."

"그 말은, 사실 우리가 특별히 협의를 숭상하고 위국애민하는 고고한 방파가 아니라는 뜻입니다. 그런데 그런 어마어마한 손해를 감수하면서까지 처주부 전체의 왜구 문제를 해결하겠다고 나서는 이유가 무엇입니까?"

말을 돌릴 틈을 주지 않고 정면을 노리고 들어오는 날카로운 한 수였다. 명도문의 이석약처럼 핵심을 파고드는 것은 아니지만, 그에 못지않은 매서운 질문이었다.

동시에 담고성은 회의에 들어오기 전 담기령이 했던 말이 떠올랐다.

'용산방의 이 방주는 특별히 조심스럽게 상대해야 합니다. 혹시 아버지께서 상대하기에 무리가 있는 듯하면 제가 나서겠습니다.'

꼭 이런 상황을 예상이라도 했던 것 같은 이야기였다.

"이유라? 내 말을 하지 않았소? 처주부의 안녕을 바란다고 말이오."

깊이 파고드는 질문을 받아넘기는 데는 원론적인 대답이 가장 좋은 수단이었다. 하지만 은근슬쩍 넘어가는 담고성의 대답에도 이첨산은 쉬이 물러서지 않았다.

"담씨세가는 지금 패도로써 처주부를 뒤덮으려 하십니까?"

이번에는 원론적인 것으로도 회피할 수 없는 질문.

담고성의 눈동자가 미세하게 떨리기 시작했다. 이 정도까지 치닫는 대화는 담고성이 감당하기에는 아무래도 무리였다.

보다 못한 담기령이 입을 열었다.

"아버지를 대신하여 제가 말씀을 올려도 되겠습니까?"

"자네의 말이 담씨세가의 뜻을 대변하는 것인가?"
"물론입니다."
"말해 보게. 하지만 나를 기만하려 들지는 말게."
이첨산이 온몸으로 강렬한 기운을 뿜어내며 담기령을 압박했다. 하지만 그 정도로 기죽을 담기령이 아니다.
"아까부터 계속해서 본 세가의 의중만을 물어보시더군요. 그 말씀은, 용산방의 의사와는 상관없이 담씨세가의 목적이 무엇인가에 따라 입장을 정하시겠다는 말씀이십니까?"
"당연한 것 아닌가? 내 목을 노리는 자에게 몸을 의탁하는 것만큼 멍청한 짓이 어디 있겠는가? 다른 분들도 그리 생각지 않으시오?"
순간 담기령의 두 눈에 이채가 떠올랐다.
'설마?'
이첨산의 마지막 말은, 담기령을 향한 것이 아니었다. 동석해 있는 다른 방파의 주인들을 향해 던지는 말이었다. 그들을 선동해, 처주무련에 동참하려는 이들의 결정을 돌리려 하는 것이었다.
그런 이유로 담씨세가가 다른 방파를 집어삼키려 한다는 생각이 들도록 이야기를 이끌어 가는 것이 분명했다.
'생각보다 야망이 큰 자였군.'
과장스럽고 경박한 언행 뒤에 진짜 속마음을 감추고 있

는 것이다. 숨기고 있는 진의가 무엇이든, 담씨세가의 적이 될 것이 분명한 자.

담기령이 급히 시선을 돌려 진충회를 불렀다.

"진 가주님."

"왜 그러시는가, 담 소가주?"

"만약 담씨세가의 목적이 패도(覇道)에 있다면, 방금 전 내리신 결정을 철회하시겠습니까?"

진충회는 저도 모르게 어깨가 부르르 떨리는 것을 느꼈다. 담기령에서 뿜어져 나오는 강렬한 기세에 오금이 저리는 기분이다.

"아닐세. 그럴 리가 있겠나? 처주무련이라는 한배를 타겠다고 마음을 먹은 이상, 그런 일은 없을 걸세."

진충회는 애처롭게 목소리를 떨면서도 끝까지 제 뜻을 분명하게 말했다. 담고성의 성격상 그럴 리가 없다고 생각하기도 했지만, 어차피 담씨세가에서 자신들을 삼키려 든다면 그것을 막을 힘 또한 없기 때문에 꺼낸 말이었다.

힘이 없고 약한 자신들로서는, 집어삼켜지는 것보다는 비굴하더라도 몸을 의탁하는 쪽이 명맥이나마 유지할 수 있다는 결론을 내린 것이다.

담기령의 시선이 다시 이첨산에게로 향했다.

"흡!"

그 시선을 받은 이첨산이 저도 모르게 주먹을 불끈 쥐며

두 눈에 힘을 주었다. 자신을 노려보는 담기령의 시선에 담긴 강렬한 기세가 그를 도발하고 있었다.

"용산방은 이만 돌아가 주십시오."

"뭣이!"

"담씨세가는 언제든 한결같은 태도를 유지할 분들에게는 절대 의를 저버리지 않을 것입니다. 하지만 이 방주께서는 스스로 상황에 따라 다른 결정을 내릴 수도 있다 하셨습니다. 그 말씀은 곧, 나중에라도 본 세가가 약점을 보인다면 찌르겠다는 뜻이지요. 담씨세가는 그런 분과 함께 일을 도모할 생각은 없습니다."

이첨산이 버럭 소리를 질렀다.

"나를 가지고 말장난을 하자는 건가!"

쩌렁쩌렁한 목소리가 강렬한 기운을 품은 채 취의청 안을 휩쓸었다. 주변에 있던 이들이 저도 모르게 움찔 떨며 몸을 피할 정도로 강한 기도가 담긴 노성.

하지만 담기령은 표정에 아무런 변화도 없이 담담한 목소리로 말했다.

"대의가 아닌, 상황에 따라 태도를 결정하시는 분이라면 그런 가능성 또한 무시할 수 없습니다. 아니면 지금이라도 그런 일은 없을 것이라 맹세를 하시겠습니까?"

"어디서 감히 그따위 소리를!"

호통을 터트리는 이첨산은 목소리마저 극심하게 떨리고

있었나. 폐부 깊숙한 곳에서 불길이 치솟는다. 당장 눈앞의 저 건방진 놈을 쳐 죽이고 싶은 기분이었다.

담기령을 보는 다른 이들의 표정 또한 그리 곱지는 않았다. 나이도 어린 담기령이 한 방파의 주인인 이첨산을 압박하고 몰아세우는 모습이 좋게 보일 리가 없었다.

하지만 이는 사실 담기령의 노림수였다.

담기령은 어제의 연회와 지금의 회의를 통해 이첨산을 살펴보았다. 호탕하게 웃고, 시원시원하게 말을 뱉지만 정작 중요한 순간에는 입을 다문 채 날카롭게 눈을 빛내는 것이 이첨산이 보여준 모습이었다.

웃음 속에 칼을 품고 있는 자. 기회가 있으면 언제든 등 뒤에서 비수를 찔러 넣을 수 있는 자라는 것이 담기령이 내린 평가였다.

방금 전 다른 이들을 선동했던 모습이 그러했고, 이세신 또한 담기령과 똑같은 평가를 내린 상황이었다.

어떤 일을 도모하는 데 있어 절대 함께해서는 안 되는 인물이라는 뜻.

비굴한 모습을 보이는 진충회나, 신중하게 여러 정황을 살피며 실리를 택하려는 도제경과 이석약, 그리고 가식이 없는 대신 매사에 삐딱하고 뒤틀려 있는 석대운까지.

그들 역시 경계해야 할 부분이 없다는 말은 아니다. 허나 경계심을 갖는 선에서 함께할 수 있는 정도는 되었다. 하지

만 이첨산과 같은 유형은 시작부터 잘라내야 했기에 이런 태도를 보이는 것이었다.

거기에 더해 다른 사람들에게 담씨세가의 의중을 넌지시 전하려는 목적도 있었다. 먼저 배신하지 않으면, 담씨세가 또한 뒤통수를 치지 않겠다는 뜻을 천명한 것이다.

까드드득!

정적 가운데 이를 가는 소리가 섬뜩하게 울려 퍼졌다.

"감히……."

이첨산이 살기 가득한 눈빛으로 담기령을 노려보며 말했다.

"허, 담씨세가의 패도가 하늘을 찌르는구나! 용산방은, 무력과 금력으로 약한 자를 짓밟고 핍박하는 자들과는 절대 상종치 않을 것이다! 또한, 담씨세가의 오만함과 한 방파의 주인을 모욕한 이 일은 절대 잊지 않을 것이다!"

그 말을 끝으로 이첨산은 그대로 취의청을 벗어났다. 방에 남은 이들은 하나같이 흔들리는 눈빛으로 이첨산의 뒷모습을 지켜보았다.

무거운 정적이 흐르는 방 안. 이첨산과의 충돌로 인한 여파가 채 가시기도 전에 담기령이 말했다.

"상운방의 석 방주님께서는 어떻게 결정을 내리셨습니까?"

"후우!"

석대운의 깊은 한숨이 방 안을 가득 메웠다. 하지만 석대운 역시 이미 결정을 내려놓은 상황이었다.

"처주무련에 함께하겠네."

"감사합니다."

담기령은 진심을 담은 목소리로 인사를 한 후, 마지막으로 도제경에게 물었다.

"명도문에서는 어떤 결정을 내리셨는지요?"

모두의 시선이 도제경의 입으로 쏠렸다. 손님으로 남아 있는 세 방파 중, 가장 많은 정황을 파악하고 있는 곳이 명도문이었다. 그리고 명도문의 실리를 우선시하는 성향 또한 알고 있는 바, 명도문의 결정에 따라 자신들이 옳은 결정을 내렸는지 아닌지를 파악할 수 있기 때문이었다.

"명도문 또한 처주무련에 동참하고자 하네."

"감사합니다."

정중하게 인사를 한 담기령이 슬쩍 눈길을 돌려 이석약을 보았다. 여러 의미에서 다행스러운 결정이었다. 명도문의 협조가 가장 중요한 일이기도 했지만, 며칠 동안 보여준 이석약의 뛰어남은 이후에도 큰 도움이 될 것이 분명했다.

담기령이 조용히 자리에 앉으며 담고성에게 말했다.

"말씀하시지요."

이첨산과의 폭풍 같은 일전이 끝나자마자 순식간에 각 파의 결정이 난 상황에, 담고성이 얼떨떨한 표정으로 몸을

일으켰다.

“여러분의 귀한 결정에 감사를 드립니다. 계속해서 논의를 하기는 해야겠지만, 우선은 처주무련의 큰 틀을 잡았으면 하는데, 어찌 생각하십니까?”

그 말에 석대운이 대뜸 대답을 했다.

“어차피 담 가주께서 련주가 되시려는 것 아니오?”

뒤이어 진충회가 당연하다는 듯 고개를 끄덕이며 말했다.

“담 가주께서 중요한 자리를 맡으시는 게 당연하지요.”

마지막으로 도제경이 고개를 끄덕였다.

“이미 논의한 시설이 처주무련에 속하게 되고, 그 대부분의 비용을 담씨세가에서 부담을 하는 상황입니다. 제안을 한 분 또한 담 가주시니, 담 가주께서 련주의 직책을 맡아 주시는 게 좋겠습니다.”

순식간에 뜻이 일치되니 오히려 담고성이 어안이 벙벙한 표정을 짓는다. 일이 이렇게 급물살을 타고 흐를 거라고는 생각지 못한 탓이다.

본래는 의례적으로라도 한두 번은 사양을 하는 것이 모양새가 좋은 일이었다. 하지만 너무 얼떨떨한 기분인 탓에 담고성은 그것마저도 생각할 여유가 없는 상황.

“험험, 그러시다면 제가 일단 맡기로 하지요.”

담고성의 말에, 다른 세 사람이 다시 한마디씩 인사를 건넸다.

"뭐, 이리 흐를 일이었으니 당연한 결과가 아닙니까? 아무튼 앞으로 잘 부탁합니다."

"헤헤, 다른 분이 맡을 자리가 아니지요. 축하합니다."

"축하드립니다. 처주부를 위해 많은 노력을 기울여 주시기 바랍니다."

왠지 어거지로 떼를 써서 자리를 얻은 듯한 기분에 담고성은 묘하게 서글픈 기분이 들었다. 하지만 이내 마음을 가다듬고 답례했다.

"감사합니다. 노력을 아끼지 않을 테니, 여러분께서도 많이 도와주십시오."

지금의 그런 기분이나 상황이 그리 중요하지 않다는 것을 알기 때문이다.

중요한 것은, 앞으로 어떻게 해 나가느냐 하는 것. 아들은 야망을 드러냈고, 그것을 이룰 바탕이 될 힘을 가지고 있다는 것을 보여주었다. 그러니 자신이 힘을 보탤 수는 없어도, 최대한 도움을 주어야 했다. 그리고 이 일이 그 첫걸음이었다.

떨리는 가슴을 애써 진정시킨 담고성이 모두를 향해 말했다.

"오늘은 너무 큰 결정을 내리고, 다들 생각할 것이 많으리라 생각합니다. 그러니 오늘은 일단 쉬시고, 내일 마저 이야기를 하지요."

"그나저나 담 이공자는 얼굴이 많이 피곤해 보이는데, 담씨세가의 공자에게 뭐 그리 힘든 일이 있는가?"

진충회의 은근한 목소리에 담기명이 어색한 표정으로 대답했다.

어제 갑작스러운 상황에 마무리되어 버렸던 연회를 대신해, 처주무련의 결성을 협의한 기념으로 조촐한 연회가 마련된 자리였다.

"저희 세가의 수련이 꽤 고련인지라……."

"허허, 불철주야 수양에 힘쓰는 모습이 크게 되실 재목일세. 그렇지, 그래야지. 세가의 소가주와 함께 큰일을 할 사람이니 수련을 게을리 하면 안 되지."

"가, 감사합니다. 그러면 저는……."

담기명이 곤혹스러운 표정으로 자리에서 일어서려 했지만, 진충회는 그를 놓아주지 않았다.

"그런데 이번에 처음으로 내 딸아이를 데리고 왔는데, 인사는 나누었는가?"

진충회에게는 아들 셋과 딸 하나가 있었는데, 지금껏 모든 모임에는 아들들만 번갈아 데리고 왔었다.

"그것이 기회가 없어……."

"인아야, 이리 와서 인사해야지."

진충회의 손짓을 따라 담기명의 시선이 옮겨갔다. 그리

고 불만 가득한 표정으로 이쪽을 향해 다가오는 여자를 보았다.

"진유인입니다."

딱딱한 인사에 담기명 또한 자신을 소개한다.

"담기명입니다."

"허허, 둘이 나이도 비슷한 것 같으니 친하게 지내는 게 좋겠구나."

진충회가 달래는 듯한 얼굴로 진유인에게 말하지만, 진유인은 담기명 쪽으로는 시선도 주지 않았다.

'하아!'

담기명이 속으로 한숨을 내뱉었다. 정작 당사자들은 아무런 감흥도 없는데, 애써 이어 붙이려는 진충회의 모습이 안쓰럽기까지 했다.

'형님!'

조금 떨어져 앉아 있는 담기령을 향해 애처로운 눈빛을 보내보았지만, 정작 담기령은 이쪽으로는 눈길도 주지 않고 있었다.

담기령의 시선은 마주 앉아 있는 이석약을 향해 있었다.

"감사합니다."

담기령의 말에 이석약이 궁금한 표정으로 되묻는다.

"무슨 뜻이죠?"

이석약이 경계심이 잔뜩 어린 눈으로 담기령과 시선을

맞추었다. 최근 두 사람 사이에는 그리 유쾌한 기억이 없으니 당연한 반응이었다.

"말 그대롭니다."

"그러실 것 없어요. 명도문 입장에서 실리를 택한 것뿐이니까요."

"물론 알고 있습니다. 하지만 담씨세가의 입장에서, 명도문의 합류는 큰 도움이 되니 그에 대한 감사입니다."

이석약이 어색한 표정으로 담기령을 보았다. 그녀의 눈에 비쳤던 담기령의 패도 가득한 모습과는 상당한 거리가 있는 탓이었다.

하지만 일단 이야기를 시작한 상황에서 애매하게 마무리를 짓는 것도 모양새가 좋지 않았다. 더군다나 이석약은 객잔에서 담기령을 시험해 본 일과 비무 건으로 인해 담기령과는 꽤나 불편한 상황이었다. 처주무련의 일이 본격적으로 시작되면, 어차피 자주 마주치게 될 테니 일단 대화를 이어가며 조금이라도 불편한 느낌을 희석시킬 필요가 있었다.

"짓게 될 시설의 이름은 생각해 두셨나요?"

"저희 가주님께서 왜구들의 약탈을 근절시킬 거라며 절왜관(絕倭關)이라는 이름을 생각해 두셨더군요."

"절왜관이라……. 단순명쾌하면서도 그 뜻을 확실히 알 수 있는 이름이네요."

"예, 앞으로 처주부를 지킬 관문이 될 곳입니다."

"하지만 그전에 해야 할 일이 많지요."

"그러니 명도문에서도 많은 도움 주시면 고맙겠습니다."

"저희야말로 도움을 받을 입장이죠."

별다른 핵심도 없이 겉도는 이야기들이 이어진다. 하지만 두 사람은 끈질기게 나름 부드러운 분위기 속에서 대화를 이었다.

유쾌하지 않은 기억들을 털어내자는 일종의 요식행위로써 서로의 필요가 있기 때문이었다.

이석약은 처주부의 패자가 될 담씨세가의 움직임에 촉각을 곤두세워야 했고, 담기령은 절왜관이 세워질 청전현의 터줏대감인 명도문의 도움이 필요하기 때문이었다.

그렇게 처주무림대회는 처주무련이라는 결과를 이끌어내며 마무리되어 가고 있었다.

6장

절왜관의 방문자

"아미타불."

붉은 가사를 입은 노승이 오른손을 펴 가슴 앞에 대고 나직한 불호를 외웠다. 중원천하에서 붉은 가사를 입고 두 손이 아닌 한 손으로 합장을 하는 곳은 오직 한 곳, 소림사뿐이었다. 다시 말해 지금 접객실로 들어선 노승의 사문이 숭산의 소림사라는 의미.

합장을 끝낸 노승이 말을 이었다.

"노납(老衲)은 현산이라 합니다."

노승이 방으로 들어설 때부터 자리에서 일어나 기다리고 있던 청년이 포권을 하며 인사를 했다.

"소생은 절강에서 온 구여상이라 합니다."

구여상. 담기명의 친구로 처주부도에서 담기령의 내침을 받았던 바로 그 구여상이었다.

"먼 걸음을 하셨군요. 듣자 하니 초무왕 전하의 서신을 가지고 오셨다고요?"

"예, 여기 있습니다."

구여상이 품에서 한 통의 봉투를 꺼내 현산에게 내밀었다. 서신을 받아 읽어 내려가는 현산의 눈에 이채가 서렸다.

"흔치 않은 일이군요. 관직으로 나아가실 분이 무림에 뜻을 품으시다니요."

현산의 말에 구여상이 빙긋 미소를 지으며 말했다.

"관의 힘이 미치지 않는 곳에서, 백성들의 삶을 살피는 곳이 무림맹이 아니겠습니까? 그런 곳에 미력하나마 제가 가진 재주가 보탬이 되었으면 하는 마음에 찾아뵈었습니다."

"허허, 약관이 되기도 전에 진사에 오른 분의 재주가 미력하다니요, 겸손이 지나치십니다."

"감사합니다."

구여상을 바라보는 현산의 두 눈이 날카롭게 빛났다. 무림의 태산북두라 불리는 소림의 당대 방장이자, 천하 무림의 힘이 온전히 모여 있는 무림맹의 현 맹주 현산이었다.

다시 말해 현산이라는 노승의 손에, 무림의 힘 대부분이

몰려 있다 해도 과언이 아니다.

그런 현산의 입가에 묘한 미소가 번졌다.

'괜찮은 기회로군.'

무림맹은 수많은 방파들이 한곳에 모인 거대한 힘의 집합체였다. 힘이 모인다는 것은 권력과 이득이 존재한다는 뜻이고, 당연히 성향과 이득에 따라 파벌이 만들어지기 마련.

현재의 무림맹은 구파와 사대세가를 중심으로 한두 파벌이 존재했다. 그 와중에 무림맹 권력의 정점인 맹주 자리에 구파를 대표하는 소림의 현산이 앉아 있고, 또 다른 권력의 정점인 의천각 각주에 남궁세가의 가주 남궁호천이 앉아 있었다.

두 권력의 정점에 각각 다른 파벌의 사람들이 앉아 있으니, 알력이 점점 심화되는 것은 당연한 일.

그런 와중에 왕부의 추천을 받은 인물이 무림맹의 요직으로 들어온다면, 여러모로 쓸모가 있으리라.

더군다나 구여상이 들어갈 곳은 무림맹의 머리라 불리는 관명각밖에 없었다. 관명각 각주인 제갈세가의 제갈무산을 견제하기에 더없이 좋은 인물이었다.

왕부의 추천을 받은 데다, 열일곱에 진사까지 오른 정도의 머리라면 제갈무산도 딱히 그를 반대할 명분은 없을 터.

현산이 빙긋이 미소를 지으며 대화를 이었다.

"무림맹에는 대부분 거친 인사들이 많아서, 구 학사처럼 공부를 많이 하신 분들이 상대하기에는 벅차지 않을까 걱정이 되는군요."

"소생이 무공은 모릅니다만, 그렇다 하여 공부만 한 백면서생은 아닙니다. 그런 걱정은 하지 않으셔도 괜찮습니다."

"흐음, 그런데 구 학사께서는 무림에 대해서는 어느 정도나 알고 계십니까?"

현산의 물음에 구여상 또한 빙긋이 웃으며 대답했다.

"왕야께 대략적인 말씀은 들었습니다. 황상의 뜻에 따르려는 대사의 뜻이 불측한 무리들에 의해 번번이 가로막힌다 하더군요."

구파의 공통점은 모두 불가, 혹은 도가 문파라는 점과 황실로부터 하사받은 어마어마한 땅을 가지고 있다는 점이었다.

황실에서 하사한 땅을 가지고 있다는 말은, 황제의 인정을 받은 사찰이라는 의미이고, 그로 인해 수없이 많은 향화객들이 구파의 절과 도관을 찾았다.

향화객들의 시주와 황실에서 하사한 전답은, 해당 문파에 어마어마한 재력을 안겨주었고, 그 재력이 다시 각 문파의 무력으로 탈바꿈되었다.

그런 만큼 구파는 무림에서도 특별히 황실에 우호적인

성향을 가지고 있었다. 반면, 사대세가의 경우에는 조상대대로 전해져 오는 재산들을 통해 힘을 키웠기에 구파와는 그 성향이 조금 다를 수밖에 없었다.

무림맹의 맹주인 현산이 무창 초왕부의 서신에 직접 구여상을 만난 것도 그러한 이유였다.

현산이 흡족한 미소를 지으며 말했다.

"일단 구 학사가 머물 곳을 마련하라 일러두겠습니다. 구 학사께서 무림에 뜻을 품고, 비상한 재주가 있는 만큼 충분히 구 학사를 위한 자리를 마련할 수 있으리라 사료됩니다. 하지만 조금은 시간이 걸릴 듯하군요."

현산의 얼굴에 한층 짙은 미소가 어렸다. 평소 공맹도 제대로 논하지도 못하는 자들이 함부로 관명각을 기웃거리지 말라던 제갈무산의 얼굴이 일그러질 것을 생각하니 저도 모르게 기분이 좋아졌다.

무림맹의 인사들 중에 무식한 이들은 없었다. 기본적으로 상승의 무공을 익히기 위해서는 당연히 그에 상응하는 공부가 필요하기 때문이다.

하지만 유학의 공부와는 거리가 멀 수밖에 없는 것 또한 사실. 관명각주 제갈무산은, 종종 그것으로 다른 구파의 인사들을 비꼬곤 했었던 것이다.

"하하, 감사합니다. 기다리는 것에는 이력이 나 있으니 심려치 마십시오."

두 사람이 서로를 향해 의미심장한 미소를 지어 보였다.

"후우!"

한 사내가 얼굴을 잔뜩 찡그린 채 제 코앞에서 손을 휘저었다. 사내의 앞을 지나가는 열 명의 무인들 탓이었다.

이곳으로 파견을 온 지도 벌써 한 달. 하지만 저들에게서 나는 이 고약한 냄새는 여전히 적응이 되지 않았다.

사내의 이름은 왕무삼으로, 한 달 전 가주의 명을 받고 이곳 청전현으로 파견을 나온 참이었다.

"도대체 저 사람들은 씻지도 않는 건가?"

왕무삼의 말에 곁에 있던 정오영이 고개를 설레설레 저으며 말했다.

"나처럼 포기하면 마음이 편해져."

정오영 역시 왕무삼과 함께 진가장에서 이곳 청전현으로 파견된 무인이었다.

"자네는 도대체 이 냄새가 포기가 된단 말인가?"

"우리가 강제로 씻길 수 있는 게 아니면 어쩔 수 없지."

"하아!"

왕무삼이 긴 한숨을 내쉬었다.

사실 처음부터 저들에게서 냄새가 나는 것은 아니었다. 그런데 열흘쯤 지나면서부터 조금씩 냄새가 나기 시작하더니, 한 달이 되었을 때는 그 고약한 냄새에 코가 마비될 지경이었다.

문제의 냄새나는 사람들은, 다름 아닌 용천현 담씨세가의 무인들이었다.

그것도 철격을 익히고 있는 담씨세가의 무인들.

철격을 배우게 되면 가장 먼저 온몸에 붕대를 감아야 했고, 그렇게 붕대를 감게 된 이상 몸을 씻을 수가 없게 된다. 그런 상태로 수련을 하다 보면 붕대는 땀에 절을 수밖에 없고, 그로 인한 냄새가 점점 고약해지는 것이 당연한 일.

덕분에 진가장과 상운방, 명도문에서 나온 무인들은 담씨세가라는 이름만 나오면 반사적으로 코를 틀어쥐는 지경이었다.

하지만 누구보다 고역인 사람들은 다름 아닌 그 당사자들이었다.

길을 따라 걸어간 담씨세가 무인들이 도착한 곳은, 너른 공터에 쇠기둥을 박아 만든 철격의 수련장이었다.

수련장 앞에 도착한 담씨세가 무인 하나가 제 팔을 들어 코를 킁킁대며 인상을 찡그렸다.

"죽겠군."

그가 철격의 수련을 시작한 지는 벌써 한 달째였다. 그때 뒤에서 누군가 허탈한 웃음을 흘리며 말했다.

"좀 더 지나보게. 더는 신경이 안 쓰이게 되니까."

힐끗 고개를 돌려 말한 사람을 확인한 사내가 다시 긴 한숨을 쉬었다. 철격의 수련을 가장 먼저 시작한 기응천이었던 것이다.

기응천이 철격 수련을 시작한 지도 벌써 두 달이 되어 가고 있었다. 그런데도 아직 붕대를 풀지 못하고 땀에 절어 있는 붕대를 감고 있는 것이다. 그것이 곧 자신의 모습이 될 거라 생각하니 앞길이 막막할 따름.

현재 담씨세가의 대부분 무인들이 철격을 수련하는 중이었다. 기응천이 수련을 시작하고 한 달쯤 지났을 때부터, 하나둘 사람이 늘어 이제는 모든 무인들이 철격의 수련을 시작하게 된 것이었다.

처음 말했던 사내가 한숨을 푹 내쉬며 말했다.

"어제는 오랜만에 수련도 없고 편히 쉴 수 있는 날이라 기루에 갔었는데……. 하아, 웬 거지 새끼가 왔냐며 내쫓더라니까!"

"크흐흐, 그것도 좀 더 지나면 포기하게 된다니까. 그냥 풀 수 있게 될 때까지 더 열심히 수련하는 수밖에."

"이제는 밥 먹을 때도 눈치가 보여서 나가서 먹어야 될 것 같다니까."

무엇보다 심각한 문제는, 다른 방파에서 파견 나온 무인들의 눈치였다.

지금 그들이 있는 곳은, 절왜관 시설의 건설이 한창인 청전현이었다.

절왜관은 왜구들을 막기 위한 시설이었고, 그런 곳이 만들어진다는 소문은 빠르게 퍼지기 마련이었다. 그렇다면 왜구들이 절왜관 건설을 방해할 수도 있는 일.

그런 이유로 공사의 시작과 함께 처주무련에 속해 있는 네 방파들은 각각 쉰 명씩의 무인들을 파견해 그곳을 지키게 하고 있는 상황이었다.

용천무관과 담가숭택에만 있으면 크게 문제 될 것이 없는데, 다른 방파의 사람들과 섞여 있다 보니 냄새 때문에 눈치가 보일 수밖에 없었다.

"내가 설명하기는 했는데, 그래도 이해는 못하더군."

기웅천의 말에 다른 이들이 당연하다는 듯 고개를 끄덕였다. 무공의 수련 때문에 씻지 못한다는 걸 누가 이해할 수 있단 말인가.

하지만 누구 하나 수련을 포기하겠다는 말을 하는 사람은 없었다.

너무나 분명한 지표가 있기 때문이었다. 바로 기웅천이었다. 가장 먼저 철격의 수련을 시작한 기웅천은, 과거에 비해 부쩍 실력이 늘어 있었다. 과거에 같은 외당 무인이었던 자신들은 도저히 상대가 될 수 없을 정도였다. 최근에는 함께 파견되어 온 숭인향 향주 권일조차도 기웅천을 상대하는 데 벅차하는 수준이었다.

그 정도로 분명한 것이 보이니 누구도 포기할 수 없는 것이 당연한 일이었다.

그때 뒤쪽에서 누군가가 말했다.

"잡담이나 하고 있을 때가 아니지 않나?"

소리가 난 쪽으로 고개를 돌리던 기응천이 반가운 표정으로 인사를 했다.

"소가주님!"

절왜관 건설을 시작할 때부터, 이곳의 관리를 위해 와 있던 담기령이었다. 인사를 한 기응천이 담기령 뒤쪽을 힐끗 보더니 다시 인사를 했다.

"이 소저께서도 오셨군요."

그 말에 담기령이 고개를 돌렸다. 이쪽을 향해 다가오는 이는 이석약이었다.

"이 소저께서 어쩐 일이십니까?"

사방이 트인 공터기는 하지만 어쨌든 담씨세가의 연무장이었다. 관례상 다른 방파의 사람이 찾아오기는 조금 애매한 곳이었다.

"담 공자를 찾아온 사람이 있어서요."

"저를요?"

담기령이 고개를 갸웃거렸다. 찾아올 만한 사람이 없기 때문이다. 누군가 방문할 것이라면 미리 연락이라도 해 왔을 터.

이석약이 설명을 덧붙였다.
"백무결이라고 하면 알 거라고 하더군요."
"백무결!"
담기령의 머릿속에, 몇 달 전 처주부도의 보길사에서 만났던 사내의 얼굴이 떠올랐다. 당시 함께 싸우며 우연히 깨달음을 얻었던 그 강렬한 기억 탓에 도저히 잊어버리기 힘든 이름이었다.
"그가 어쩐 일로?"
담기령이 고개를 갸웃거렸다. 우연히 만났던 사람이고, 서로에게 득이 되는 일이 있기는 했지만 특별히 다시 인연이 이어질 일은 없는 사람이 아닌가.
"글쎄요?"
이석약이 알 리가 없는 이야기였다.
"일단 가시지요."
원래는 시간이 남아 세가 무인들의 수련을 확인하기 위해 와 있던 참이었다. 최근 철격을 수련하는데 요령을 피우는 것 같은 느낌이 들어, 오랜만에 좀 혹독하게 굴려볼까 하는 생각이었다. 하지만 손님이 찾아왔으니 그 일은 뒤로 미루는 수밖에.
"백무결이 누구기에 저러시는 거지?"
담씨세가 무인들은 오늘 자신들이 죽을 뻔한 고비를 넘겼다는 사실도 모른 채 고개를 갸웃거렸다.

"오랜만입니다, 담 공자."

절왜관을 지을 때까지 임시로 숙식을 해결하고 있는 군막 안. 우렁찬 목소리로 인사를 건넨 이는 몇 달 전 만났던 그 백무결이 분명했다.

"그렇군요. 그간 잘 지내셨습니까?"

"선사께서 부탁하신 일을 마무리하고 급히 찾아온 길입니다."

"그, 그렇군요. 일단 앉으시오."

담기령이 얼떨떨한 표정으로 자리를 권했다.

"감사합니다. 헌데, 옆에 계신 소저께서는……."

백무결이 담기령과 함께 들어선 이석약을 보며 물었다.

"아까는 인사를 못했네요. 명도문의 이석약이라 합니다."

짤막한 인사를 끝낸 후 담기령이 곧장 물었다.

"그런데 백 공자가 이곳에는 어쩐 일입니까?"

"담 공자를 돕고 싶어 왔습니다."

담기령이 고개를 갸웃거렸다. 우연히 함께 싸웠다는 걸 제외하면 별다른 인연도 없는 백무결이 대뜸 돕겠다고 하니 불쑥 경계심이 생긴다.

"특별히 그럴 이유가 없는 걸로 알고 있습니다만?"

백무결이 호탕한 웃음을 터트리며 말했다.

"하하! 이런 일에 특별한 이유가 필요하겠습니까? 이곳에 짓는다는 절왜관은 왜구를 막기 위한 곳이 아닙니까? 그리고 왜구를 막는 것은 곧 백성들의 평안한 삶을 지켜준다는 뜻이 아닙니까? 듣자 하니 담씨세가에서는 막대한 손해를 감수하고 이곳 절왜관을 건설한다고 하더군요. 그야말로 위국애민하는 길이며, 진정한 협의에 의한 행동이 아닐 수 없습니다. 그렇기에 저도 미력하나마 힘을 보태고 싶어서 찾아온 것입니다."

장황한 백무결의 말에 담기령이 묘한 표정을 지었다.

'검협이라고 했던가?'

당시 들었던 백무결의 스승에 대해 떠올렸다. 무림에서 가장 위대한 협사였다던 검협 백운서. 그래서인지 보길사에서 일이 있었을 때도 백무결은 협의를 들먹이며 말을 했었다.

잠시 생각을 정리한 담기령이 백무결을 향해 말했다.

"죄송하지만, 돌아가십시오."

전혀 예상치 못한 말에 백무결이 놀란 표정으로 담기령을 보았다.

"담 공자님?"

이석약도 예상 밖이라는 듯 놀란 표정으로 담기령을 보았다. 그녀가 보기에도 백무결의 무공 수준은 꽤 높아 보였다. 저런 정도의 고수가 힘을 보탠다면, 절왜관에 큰 도움이 될 터. 그런데 저렇게 단칼에 내치려 하니 놀랄 수밖에.

백무결이 놀란 표정으로 물었다.

"이유를 알 수 있겠습니까?"

"백 공자는 선사의 뜻을 좇아 협의의 길을 걷고자 하시지요?"

"그렇습니다."

"하지만 이곳 절왜관은 그런 목적으로 지어진 곳이 아닙니다. 그러니 백 공자의 뜻과는 분명히 다릅니다. 도와주려는 마음은 감사하지만, 이곳에서 백 공자의 뜻을 펴지는 못할 것입니다."

거절을 당한 것도 의외인데, 그 이유 또한 전혀 생각지 못한 내용이다.

"허, 그렇다면 막대한 손해를 감수하면서까지 이런 시설을 짓는 이유는 무엇입니까?"

"처주무련의 힘을 키우고 위명을 높이기 위함입니다. 확신할 수는 없지만, 어쩌면 백 공자의 협의와 상반되는 일이 있을 수도 있습니다. 그러니 돌아가십시오."

백무결의 표정이 괴이하게 변했다. 이 무슨 말도 안 되는 이유란 말인가.

"제가 이해하기가 좀 힘든 이야기군요."

그 말에 담기령이 조금 더 강경한 표정으로 물었다.

"그렇다면 백 공자는 저희가 백 공자의 도움을 당연히

받아들일 거라 생각하셨습니까?"

"그, 그거야……. 도와주는 사람이 한 명이라도 많으면 그만큼 좋은 일이 아닙니까?"

"이런 일에는 목적이 다른 사람이 함께하면 탈이 생기기 마련입니다."

백무결은 잠시 생각을 정리한 후 말했다.

"담 공자는 처주무련을 위해 이런 일을 한다고 말을 했습니다만, 어쨌든 이 절왜관이라는 곳 덕분에 사람들의 삶이 평안해지는 것은 분명합니다. 목적이 다르다 해도 결국 그 결과는 비슷하다는 말입니다. 그런데 굳이 도움을 거절하시는 이유를 모르겠군요."

하지만 담기령은 생각을 바꾸지 않았다.

"먼 곳에서 찾아오신 듯하니, 편치는 못해도 하루 묵으실 곳은 내어드리겠습니다."

말을 마친 담기령이 벌떡 일어나 군막을 나섰다.

그 모습에 당황한 이석약이 급히 뒤따라 일어서며 백무결에게 말했다.

"일단 쉬십시오. 나중에 다시 이야기하시는 게 좋겠습니다."

"아, 예."

얼떨떨한 표정으로 인사를 받는 백무결을 뒤로한 채 이석약은 다급하게 담기령을 따라나섰다.

"담 공자."

다급한 이석약의 목소리에 담기령이 발을 멈추며 뒤를 돌아보았다.

"왜 그러십니까?"

"이유를 알 수 있을까요?"

"이미 말하지 않았습니까?"

"다른 이유가 있어 보입니다만?"

이석약의 채근에 담기령은 미간에 살짝 주름을 접었다. 그리고는 다시 걸음을 옮기며 말했다.

"걸으면서 이야기하시지요."

아무래도 백무결이 가까이 있으니, 조금 거리를 둘 필요가 있었다.

"그는 백운서의 제자입니다."

몇 개의 군막을 지난 후, 담기령이 대뜸 던지는 말에 이석약이 깜짝 놀라 외쳤다.

"검협!"

"예, 그렇게 불렸다 하더군요."

"그렇다면 더욱더 도움이 되지 않나요? 정확하게는 알 수 없지만, 무공 또한 보통이 아닌 듯하던데요."

"정확하게는 알 수 없지만, 저와 비슷한 수준일 겁니다."

담기령이 초절의 경지에 들어섰다는 것을 아는 이석약이었다. 그렇다면 백무결 또한 초절의 경지에 들어선 고수.

"그런데 왜 그의 도움을 거절하시는 거죠?"

"어디까지나 제 개인적인 관점입니다만, 그의 협의는 목적이기 때문입니다."

"네?"

이석약이 이해할 수 없는 이야기에 고개를 갸웃거렸다.

"협행을 하는 것 자체가 목표라는 뜻입니다. 다시 말해 순수하게 우러난 협행이 아니라, 협행을 해야 한다는 강박적인 생각을 갖고 있는 것으로 보인다는 말입니다."

"협의를 가지고 있기 때문에 협행이 목적이 될 수도 있지 않을까요? 그리고 그게 문제가 될까요? 처주무련의 행사가 특별히 사파의 행태가 될 것도 아니잖아요."

"그렇기는 합니다. 하지만 우리는 어디까지나 이익을 전제로 두고 움직입니다. 그러다 보면 대를 위한 소의 희생을 선택하는 경우도 분명히 생기게 됩니다. 그럴 때에, 그가 과연 그러한 선택을 수용할 수 있겠습니까?"

"하지만 저 정도의 고수가 함께한다면 큰 도움이 될 텐데요?"

이석약의 말 또한 틀리지 않았다. 현재 처주무련에 절대적으로 부족한 것이 고수의 수였다.

초절의 경지인 사람은 거의 한 손으로 꼽을 수 있을 정도. 그런 때에 초절의 경지에 있는 백무결이 힘을 보탠다면 큰 도움이 되리라.

사실 담기령 또한 아쉽지 않은 것은 아니었다. 그리고 보길사에서의 일 덕분에, 꽤나 호의를 갖고 있기도 했다. 그렇기에 친구로서 만나는 것도 좋다고 생각했다. 하지만 일을 함께하는 것은 또 다른 문제.

"현실이 아닌 이상 속에서 사는 사람은, 우리처럼 현실에서 사는 사람과는 마찰이 생길 수밖에 없습니다."

"그렇기는 하죠. 하지만……."

이석약이 석연찮은 표정으로 말끝을 흐렸다.

"더 하실 말씀이 있습니까?"

"담 공자께서 겨우 그런 부분 때문에, 이용할 수 있는 것을 그냥 버릴 분은 아닌 것 같아서요."

이석약의 날카로운 지적에 담기령이 잠시 난감한 표정을 짓더니, 설명을 덧붙였다.

"사실 가장 큰 걸림돌은, 그가 검협의 제자라는 점입니다."

"네?"

이석약이 이해 못할 얼굴로 고개를 갸웃거렸다.

"검협이라는 이름이 가지는 힘이 너무 강합니다."

"자세히 말씀해 주세요."

"그가 절왜관에 머문다면, 어찌 될 것 같습니까? 검협의 제가가 절왜관을 돕는다는 소문이 퍼지겠지요?"

"네."

“그리되면 처주무련과 절왜관의 이름은 작아지고, 검협의 제자 백무결의 이름은 올라갑니다. 재력과 인력을 모두 처주무련에서 부담을 했는데, 그 덕분에 오히려 백무결의 이름만 올라가게 된다는 겁니다.”

“그렇……겠군요.”

이석약이 그제야 이해한 듯 고개를 끄덕였다. 이야기가 어떻게 퍼지느냐에 따라, 처주무련이 만들어 놓은 성과를 모두 검협의 제자가 집어삼키는 결과가 나올 수 있는 것이다.

세상의 인식이라는 것은, 실제의 힘으로 적용될 수 있는 것. 처주무련과 절왜관의 이름이 올라간다면, 그것을 이용해 더 큰일을 진행하는 데 득이 되는 부분이 아주 많았다. 그런데 그것을 백무결이 가져가 버린다면, 처주무련은 말 그대로 죽 쒀서 개 주는 꼴밖에 되지 않는 것이다.

“문제는 또 있습니다. 검협이라는 이름은 협사를 동경하는 수많은 젊은 무인들을 끌어들일 수 있습니다.”

이번에는 이석약 역시 단번에 알아들을 수가 있었다.

“백 공자를 중심으로 또 하나의 세력이 만들어진다는 말이군요.”

“네. 그리고 세상에 젊은 혈기와 협의를 지닌 사람은 많지요. 백무결의 세력이 거대해질 경우, 처주무련과 절왜관은 완전히 유명무실해지는 상황이 되는 겁니다.”

검협이라는 이름은, 중원무림의 대부분이 아는 이름이었다. 하지만 담씨세가나 명도문, 처주무련 등은 그 이름조차 들어보지 못한 이들이 대다수였다.

이석약이 아쉬운 표정으로 중얼거렸다.

"어렵군요."

처주무련의 현 상황에서는 백무결 정도의 고수가 큰 도움이 되는 것 또한 분명한 사실이니 그냥 내치기도 아쉬운 것이다.

이석약이 이렇게 나오니 담기령 또한 조금은 자신의 결정을 되돌아볼 필요를 느꼈다.

"나중에 다시 한 번 이야기해 보겠습니다."

"윽!"

유춘이 저도 모르게 제 코를 틀어쥐었다.

"자네 지금 나 때문에 그러는 건가?"

담기명이 두 눈을 가늘게 뜨고 유춘을 노려보았다.

"그, 그런 것은 아닙니다만……."

유춘이 울상을 지으며 말꼬리를 흐렸다. 하지만 몸은 저도 모르게 뒷걸음질을 치고 있었다. 담기명의 온몸에서 뿜어져 나오는 고약한 냄새에 도저히 적응이 되지 않는 것이다.

그러다 옆에 있는 이세신을 향해 슬쩍 고개를 돌렸다.

'비위도 좋네.'

담기명은 한 달 전부터 철격을 수련하고 있었고, 그로 인해 어느 순간부터 몸에서 냄새가 풍기기 시작했다. 그런데 이세신은 그 냄새에 별다른 반응을 보인 적이 없었던 것이다.

이세신이 담기명을 향해 말했다.

"유 장계가 오늘도 배첩을 보내왔습니다."

그 말에 담기명이 입맛을 다시며 말했다.

"적당히 둘러대고 거절하라고 하지 않았소?"

"그러기는 했습니다만, 저들의 입장도 생각해 주셔야지요."

현재 담기명이 머물고 있는 곳은 처주부 부도에 마련된 담씨세가 소유의 장원이었다. 지난번, 담기령이 처주부도에 왔을 때 구모섭을 통해 구입한 그 장원이었다.

장원에는 평원장이라는 이름이 붙었고, 담기명이 임시로 장주의 자리에 앉게 된 것이었다. 그리고 이세신과 유춘은 담씨세가의 분가 격인 평원장이 처주부도에 제대로 자리를 잡을 때까지 담기명을 돕기 위해 함께 온 참이었다.

평원장의 용도는 용천현도의 용천무관과 같은 용도였다. 세가의 무인들을 길러내기 위한 곳. 하지만 그것은 어디까지나 부차적인 목적에 지나지 않았다. 진짜 목적은 처주부의 심장부인 부도에 담씨세가가 제대로 자리를 잡고, 부도의 동향을 정확하게 파악하기 위해서였다.

그런데 담기명이 오자마자 생긴 문제가 있었으니, 다름 아닌 영녕계 장계인 유제광의 초청이었다.

담기명이 평원장에 온 지가 보름째. 그동안 유제광은 세 번의 초대를 했었고, 그럴 때마다 담기명은 정중하게 거절해 왔다. 절왜관의 일이 어느 정도 진행되기 전까지는 그들과 어떤 이야기도 진행하지 말라는 담기령의 당부가 있었던 탓이다.

하지만 영녕계는 처주부 상인들의 모임. 언제까지나 무시할 수만은 없었다.

그때 담기명의 집무실 밖에서 누군가 외쳤다.

"장주님, 구 총관입니다!"

장원을 구할 때의 인연 덕에 평원장 총관이 된 구모섭의 목소리였다.

"들어오시오."

방으로 들어선 구모섭이 급히 말했다.

"유제광 상주가 찾아왔습니다!"

거듭된 거절에 결국 유제광이 직접 찾아온 모양이었다. 담기명이 깜짝 놀란 표정으로 이세신을 보았다.

"어찌하는 게 좋겠소? 그, 그동안 계속 거절한 것도 추

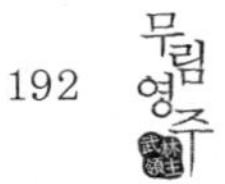

궁할지 모르는데!"

이세신이 어쩔 수 없다는 표정으로 말했다.

"핑계를 대십시오."

"핑계?"

담기명의 반문에, 이세신이 손으로 제 코를 가리켰다.

"내, 냄새?"

"예, 장주님의 몸에서 나는 냄새는 어쩔 수 없는 것 아닙니까? 그것 때문에 공적인 자리에 나갈 수 없다고 대충 둘러대십시오."

"그, 그게 좋겠소. 하지만 뭔가 이야기를 하려고 할 텐데?"

"그것도 핑계를 대십시오."

"무슨 핑계 말이오?"

"절왜관이 아직 제대로 진행된 것이 아무것도 없지 않습니까? 그래서 확정된 게 없으니, 그전에는 아무런 논의도 할 수 없다고 하면 될 겁니다."

"차라리 이 학사가 같이 가 주시오!"

하지만 이세신은 곧장 고개를 내저었다.

"그럴 수는 없습니다."

"그게 무슨 말이오?"

"같이 가서 제가 대신 이야기를 할 수는 있습니다만, 그럴 경우 장주님의 권위가 무너집니다."

손님을 맞이하는 자리에서 그런 일이 생기면, 상대에게 만만하게 보일 수밖에 없는 일.

"하아!"

담기명이 깊이 한숨을 내쉰 후, 애써 마음을 다잡으며 말했다.

"이, 일단 다녀오겠소. 구 총관, 안내하시오."

"예, 장주님. 정당에 모셔 놓았습니다."

다 함께 집무실을 나선 후, 담기명이 구모섭과 함께 급히 걸음을 옮겼다.

"후우!"

멀어지는 담기명을 보며 유춘이 제 코 앞에 손을 휘저으며 깊이 숨을 들이마셨다.

"헉!"

그러다 유춘의 눈에 들어온 것이 있었다. 이세신이 코에 동그랗게 말아 놓은 종이 뭉치를 빼는 모습.

"아, 치사하게 혼자서만!"

"어쩐 일입니까?"

백무결이 의외라는 듯 담기령을 보았다.

"편하게 이야기라도 나눌까 해서 자리를 마련했습니다."

담기령의 말에 백무결은 의아한 표정을 지우지 못한 채 고개를 갸웃거렸다.

백무결이 담기령을 찾아온 지도 벌써 닷새째였다. 줄기차게 찾아와 청을 했는데도, 담기령은 항상 냉정하게 그를 거절했었다. 그런데 오늘은 왠일로 담기령이 먼저 백무결을 초청한 것이다.

담기령이 술병을 들어 올리며 말했다.

"일단 받으시오."

쪼르륵!

호박색의 맑은 술이 백무결의 잔에 차오른다. 뒤이어 백무결 또한 담기령의 술잔을 채워준 후, 함께 술잔을 기울였다.

향긋한 주향이 코끝을 스친다. 그렇게 세 잔의 술을 비운 후, 담기령이 백무결을 향해 말했다.

"나는 백 공자가 싫지 않습니다."

"하하! 고맙소이다. 나 역시 담 공자가 싫지 않습니다. 그날의 특이한 경험 덕분인지 친근한 느낌이 있습니다. 솔직하게 흉금을 터놓고 친구가 되었으면 합니다."

"그것도 나쁘지 않겠군요. 하지만 한 가지, 백 공자와 나는 크게 다른 것이 있습니다."

담기령의 말에 백무결이 조금 실망한 표정으로 물었다.

"다른 것이라니, 그게 뭡니까?"

"백 공자는 선사의 뜻을 받들어 협의의 길을 걷고자 합니다. 하지만 나는 가문의 이익을 위해 살고자 합니다."

“그렇다 해서 담씨세가가 사파의 행태를 답습하는 것은 아니지 않습니까? 그것이 문제가 될 것 같지는 않습니다만?”

“이익을 위해 움직인다는 말은, 생각보다 지저분한 일도 많다는 뜻입니다. 그렇기에 백 공자의 도움을 거절하는 것이기도 합니다.”

그 말에 백무결이 잠시 생각을 정리한 후 말했다.

“제 선사께서 이런 말씀을 하셨습니다.”

담기령은 조용히 술잔을 들어 올리며 백무결의 말에 귀를 기울였다.

“협행이라는 것은, 굳이 협을 행하고자 마음먹어야 되는 것이 아니다. 도리에 어긋나지 않게, 제 위치에서 제 일을 한다면 자연스레 협행이 이루어진다고 말입니다.”

“동감하오. 관직에 있는 사람이 제 본분을 충실히 하는 것. 장사를 하는 이가 정당한 이문을 남기는 것. 모두들 그렇게만 한다면 그것들이 한데 엉켜 곧 협행이 되겠지요. 하지만 세상은 생각보다 지저분합니다.”

“모르지 않습니다. 하지만 제가 볼 때 담 공자가 특별히 도리에 어긋나는 행동을 할 것 같지는 않습니다. 제 말이 틀렸습니까?”

담기령이 곧장 고개를 끄덕였다.

“아마도 틀리지는 않을 것입니다.”

그것은 담기령의 인생에 가장 큰 영향을 끼친 할아버지의 뜻이기도 했다. 이익을 위해, 욕심을 위해 앞으로 나아가는 것은 좋은 일이지만 그 과정에서 도리에 어긋나서는 안 된다는 말은 귀에 딱지가 앉을 정도로 들었다.

"담 공자는 제가 앞뒤가 아주 꽉 막힌 사람으로 보시는 것 같습니다만, 그렇지는 않습니다."

"하하! 그런가요? 그렇다면 제가 오해를 한 것일 수도 있겠군요."

그때였다.

땡땡땡땡!

갑자기 요란하게 경종이 울리는가 싶더니, 사방에서 다급한 외침이 터져 나왔다.

"왜구다!"

7장

절왜관의 첫 격전

"뛰어! 뛰어!"

윤명산이 버럭버럭 소리를 질러댔다.

용천현에서 절왜관으로 파견을 온 담씨세가의 무인은 모두 쉰 명이었다.

철격 수련을 먼저 시작한 순서대로 뽑았는데, 그중 서른 명이 율천향이었고, 나머지 두 개 향에서 스무 명이 나왔다. 그 덕에 율천향 향주였던 윤명산이 책임자로 함께 오게 된 것이었다.

절왜관의 시설들은 이제 겨우 초석을 다지는 게 끝난 상황이었다. 그 탓에 절왜관의 대부분 무인들은, 청전현 현청과 인근 현청에서 내어준 군막을 세워 그곳에서 숙식을 해결하고 있었다.

군막을 세워 놓은 곳에서 야트막한 언덕만 넘으면 바로 영녕강 물길이 보인다. 절왜관의 시설을 짓고 있는 현장이기도 했다.

언덕을 넘는 순간 윤명산이 저도 모르게 발을 멈췄다.

"이, 이럴 수가!"

다섯 척의 왜선이 수면 위에 떠 있는 것이 보였다. 왜선들 중 대형선인 안택선(安宅船) 한 척과 중형선인 관선(關船) 한 척, 소형선인 소조(小早) 네 척으로 이루어진 대선단.

용천현으로 들어오는 왜구들은, 아무리 큰 규모도 중형선인 관선 두 척 정도의 규모였다. 윤명산으로서는 처음 보는 커다란 규모의 왜구들.

"인부들을 대피시켜!"

아래쪽 강변에서 날카로운 여자의 외침이 들렸다. 오늘 밤 번을 서는 명도문 이석약의 외침이리라.

"갑조부터 무조까지는 나를 따르고, 기조는 저들을 도와 인부들을 대피시켜라!"

현 상황에서 무엇보다 시급한 일이었다. 인부들이 살해당한다면, 이곳에서 일을 할 사람을 구하는 것이 어려워지는 것은 당연지사.

언제 죽을지 알 수 없는 곳에서 일을 하려는 사람이 얼마

나 되겠는가.

파견 나온 무인들에게 담기령이 몇 번이나 당부를 했던 말이기도 했다.

말이 끝나기가 무섭게, 기조의 무인 열 명이 무리에서 떨어져 나왔다.

저 멀리, 벌써 강안으로 올라와 야차처럼 달리고 있는 왜구들의 모습이 보였다. 저들보다 빨리 군막에 도착해야 할 터.

"따라와!"

기조의 조장 기응천이 큰소리로 외치며 저 멀리 인부들이 묵고 있는 군막으로 내달렸다.

그사이 윤명산은 나머지 네 개 조를 이끌고 언덕의 비탈길을 따라 달렸다.

동시에 상륙을 마친 왜구들 또한 이쪽을 보고 달려오고 있었다.

아랫도리를 천으로 대충 가리고 위에도 낡은 단삼만 걸친 키 작은 왜구들이, 왜도를 뽑아 든 채 이쪽을 향해 돌격해 오기 시작했다.

"후읍!"

윤명산은 급히 호흡을 가다듬었다. 늘 보아 왔던 왜구들의 모습이지만, 언제 봐도 적응이 안 되는 차림새. 하지만 그런 우스꽝스러운 모습이 왜구들의 무서움을 가려주지는 못했다. 저 작은 키로 휘두르는 왜구들의 왜도는 상상 이상으로 매섭고 엄청난 힘을 가지고 있었다.

"적추개진(鏑追開陣)!"

윤명산의 호령과 동시에 마흔 명의 담씨세가 무인들이 좌우로 산개하며 대형을 이루었다. 중앙이 앞으로 돌출되고, 좌우고 조금씩 처지는 화살촉 형태의 대형.

병가(兵家)에서 쓰는 추형진의 변형으로, 추형진처럼 진의 변용이 힘들어지는 대신, 적진을 관통하는 돌파력은 훨씬 탁월한 진법이었다.

동시에 왜구들 쪽에서도 알아들을 수 없는 외침이 튀어나왔다. 그와 함께 왜구들 역시 일사불란하게 대형을 바꿨다. 좌우로 활짝 펼쳐지며, 양끝이 앞으로 돌출되고 중앙이 움푹 파이는 학익진의 형태.

뿌연 먼지와 함께 두 개의 진형이 부딪쳤다.

화살촉이 학의 머리를 향해 쏘아지는 동시에, 학의 양 날개가 화살을 그대로 감쌌다.

까아앙!

대형의 가장 선두에 선 윤명산의 칼이 허공을 갈랐다.

"끄아악!"

비명과 함께 붉은 선혈이 튀어 올랐다.

"흡!"

윤명산이 그대로 돌진하면서도 저도 모르게 실성을 흘렸다.

'가볍다!'

왜구들이 휘두르는 왜도에는 상상 이상의 힘이 실린다. 저 작은 체구에서 어떻게 그런 힘이 나오는지 아무리 생각해도 이해가 안 될 정도.

그런데 그런 왜구의 왜도가 단번에 잘려 나가는 것은 물론, 왜구의 가슴팍을 그대로 베어 버린 것이다.

지금까지는 단 한 번도 겪어보지 못했던 상황.

윤명산은 저도 모르게 몸을 부르르 떨었다.

'철격!'

지난 두 달 동안, 고약한 냄새를 참아가며 밤낮을 가리지 않고 했던 수련의 성과였다.

"어?"

"헉!"

뒤에서 수하들의 실성이 연달아 튀어나온다. 윤명산과 똑같은 감상이 담긴 외침들.

"죽여라!"

윤명산이 몰려오는 감흥을 주체시키지 못하고 버럭 소리를 내질렀다.

"와아아아!"

담씨세가의 무인들 또한 사기가 잔뜩 오른 채 함성을 내지른다.

요란한 비명이 울려 퍼지는 사이, 왜구들이 만든 학익진의 두 날개가 담씨세가 무인들을 제대로 감싸기도 전에 담씨세가의 화살촉이 학의 머리를 뚫었다.

"우회!"

왜구들의 학익진을 관통한 직후 이어진 윤명산의 명령에, 화살촉이 오른쪽으로 크게 꺾이며 그대로 학익진의 왼쪽 날개로 날아들었다.

까앙!

"크윽!"

윤명산이 손을 타고 전해져 오는 강렬한 충격에 발을 멈췄다.

'무사들!'

왜구들은 단순한 해적이 아니었다. 저 먼 동영의 오랜 전란에서 이탈한 병사들. 그중에는 중원의 고수들에 필적하는 무사들도 포함되어 있었다. 그들 중 하나가 윤명산과 마주친 것이었다.

급히 호흡을 고른 윤명산이 재빨리 주변을 살폈다.

'젠장!'

윤명산이 저도 모르게 인상을 찡그렸다.

서로의 진법이 깨지면 그 후는 난전이었다. 그전에 최대한 진법을 이용해 적의 수를 줄여야 하는데, 하필이면 왜구들의 좌익에 왜의 무사들이 포진되어 있는 것이다.

"이첩방원(二疊防圓)!"

윤명산의 명이 떨어지기가 무섭게 담씨세가 무인들의 대형이 순식간에 변했다. 두 겹으로 만들어진 원형의 진. 바깥쪽 원을 구성하는 무인들 사이로, 안쪽의 원을 구성하는 이들이 보이는 형태의 방진이었다.

그와 함께 왜구들의 대형이 빠르게 형태를 바꾸며 담씨세가의 방원진을 에워싼다.

쉐에엑!

왜도가 공간을 갈랐다. 단순하지만 섬전처럼 빠르고 무지막지한 힘이 실린 왜구들 특유의 도법이 윤명산을 압박해왔다.

까가강!

쇳소리와 함께 두 자루 칼이 허공에서 얽혔다.

"음!"

윤명산은 이제 겨우 익숙해졌다고 생각했던, 저릿한 감각이 다시금 온몸을 훑어대는 것을 느끼며 어깨를 잘게 떨었다.

'이, 이러다가는!'

철격을 수련할 때마다 온몸을 훑고 지나가던 그 저릿한 반탄력이 지금 그대로 되돌아오니 온몸의 신경을 난도질하는 듯한 느낌이었다.

'붕대를 풀어야 하나?'

머릿속을 스치는 고민. 하지만 불가능했다. 눈앞에 칼바람이 난무하는데 언제 붕대를 푼단 말인가.

까드드득!

윤명산이 이를 악물었다. 어차피 어느 정도 익숙해진 감각이었다. 잠깐의 틈이 목을 날려 버리는 전장이었다. 게다가 왜구들은 치가 떨릴 정도로 질긴 놈들이었다. 죽어가면서도 자신의 배를 가른 칼날을 붙들고 넘어지는 독한 놈들.

그러니 방법은 하나였다.

"죽어도 버텨라!"

윤명산의 외침이 어두운 허공을 떨어 울렸다.

"인부들을 지키고 있는 명도문을 도와주시오!"

담기령의 외침에, 군막 입구의 휘장을 젖히고 나서던 백무결이 사방을 훑었다. 지난 며칠, 떠나라는 담기령의 말에도 버티고 있었던 덕분에 대강의 위치는 파악하고 있는 터.

한쪽에 모여 있는 군막을 지키고 있는 무리들이 눈에 들어왔다. 쌍도를 든 쉰 명가량의 명도문 제자들과 보통보다 조금 큰 칼을 든 담씨세가의 무인들이 있는 곳.

"먼저 가겠소!"

백무결이 외침과 동시에 땅을 박찼다.

"흑야, 창월!"

아직 군막 안에 있던 담기령이 나지막이 외친다. 담기령의 양팔에서 솟구친 검은 안개와 푸른 빛줄기가 담기령의 전신을 감싼다. 그리고 눈 깜짝할 사이, 담기령의 전신은 흑야로 뒤덮이고 오른손에는 창월이 들렸다.

콰콱!

두 발이 땅을 짓이기며 담기령의 신형이 앞으로 쏘아져 나갔다.

그가 향하는 곳은, 왜구들이 소형선인 소조로 상륙을 위해 접안을 하고 있는 곳이었다. 절왜관이 지어질 곳에는 제대로 된 접안 시설이 없는 탓에, 왜구들이 소선을 이용해 상륙을 하고 있는 것이다.

마침 두 척의 소조가 강변의 턱이 높은 곳에 배를 대고 있었다.

담기령이 두 발에 한층 더 힘을 더했다. 그와 함께 왜구들 쪽에서 왜어로 된 외침이 들린다.

쐬아아아아!

동시에 요란한 파공성과 함께 화살들이 비처럼 쏟아져 내렸다.

하지만 현재 담기령의 온몸을 감싸고 있는 흑야. 담기령은 두 팔로 얼굴을 가린 채 그대로 돌진했다.

담기령의 심상치 않은 기세에 왜구들 쪽에서 소란스러운 외침이 터져 나온다. 동시에 갑주를 걸친 왜의 무사 네 명이 황급히 담기령을 향해 달려왔다.

양측의 거리가 순식간에 사라지며 섬뜩한 바람이 허공을

휘감았다.

귓전을 두드리는 날카로운 금속성과 함께 다섯 줄기의 섬뜩한 기운이 사방으로 흩어졌다.

왜구 무사들의 얼굴에 당혹성이 어렸다.

담기령의 몸을 감싸고 있는 갑주를 확인하고, 관절 부위나 갑주로 가리지 않은 곳으로 노리고 칼을 휘둘렀다. 그런데 담기령의 신형이 흐릿해지는가 싶더니, 자신들의 칼이 강렬한 반발력에 부딪치며 기묘하게 튕겨 나오는 것이 아닌가.

"끅!"

그와 함께 한 무사가 비틀거리며 그대로 쓰러졌다.

하지만 다음 순간 담기령의 얼굴에 당혹성이 스쳤다. 분명 배를 가른 것을 확인한 왜의 무사가 숨이 끊어지기 직전, 담기령의 오른쪽 다리를 끌어안은 것이었다.

슈아악!

날카로운 세 줄기 도격이 날아들었다.

"크윽!"

담기령이 이를 악문 채 움직일 수 있는 왼쪽 발로 거칠게 땅을 두드렸다.

묵직하게 땅이 울리는 순간, 창월이 묵직한 풍압을 뿜어내며 마주 선 왜구 무사의 목을 향해 날아든다.

카카카칵!

거친 마찰음과 함께 이번에는 창월이 튕겨 나왔다. 창월에 실린 힘이 무시무시하다는 걸 깨달은 왜의 무사들이, 세 자루 칼을 동시에 밀어 넣어 창월을 막아 낸 것이다.

하지만 담기령이 노린 것은 정작 다른 것.

츠컥!

튕겨 나온 창월이 땅을 향해 궤적을 그린 순간, 담기령의 다리를 끌어안은 왜구 무사의 시체가 두 팔이 잘려 나간 채 흩어졌다.

'보통 질긴 놈들이 아니구나. 게다가…….'

담기령의 눈이 날카롭게 빛났다. 두 번 도격을 교환하면서, 왜구 무사들의 도법이 자신과 비슷한 무리(武理)를 근본에 두고 있다는 것을 알 수 있었다. 중원의 무공처럼 내공과 외공을 나누는 것이 아니라 애초에 그 둘을 구분하지 않고 수련을 쌓는 것이다.

물론, 그것이 문제가 되지는 않는다. 담기령이 원래 살았던 그곳에서는, 모든 기사들이 그렇게 단련을 한다. 오히려 훨씬 더 상대하기 쉽다.

쿠우웅!

진각과 동시에 전신의 공력이 몸속에서 휘몰아쳤다. 두 번째 발구름, 그리고 온몸으로 펼쳐지는 팔황불괘공.

세 줄기 도격이 담기령의 온몸으로 쏟아져 내렸다. 하지만 마찰음과 함께 허무하게 튕겨져 나가는 왜도들. 동시에 창월의 도신에 푸른 실타래가 엉기며, 초절의 증거인 도삭이 은은히 빛나기 시작했다.

"크아악!"

몇 수 만에 세 명의 왜구 무사들을 도륙한 담기령이, 그대로 정박해 있는 소조를 향해 몸을 날렸다.

갓 배에서 내린 왜구들이 사나운 외침과 함께 담기령을 향해 날아들었다.

세찬 바람에 날리는 모래알처럼 왜구들의 몸뚱이가 비명과 함께 사방으로 튕겨 나갔다.

꽈아앙!

굉음과 함께 높은 물기둥이 솟구쳤다. 그리고 두 동강이 되어 그대로 물속으로 가라앉는 한 척의 소조.

"후웁!"

배에 타고 있던 왜구들이 몇 명은 헤엄을 치며 필사적으로 달아났다. 하지만 나머지는 담기령의 도격이 만들어 낸 충격에 그대로 물속으로 가라앉고 있었다.

담기령의 손에 한 척의 소조가 쪼개지는 사이, 나머지 한 척은 이미 물 깊은 쪽으로 달아나고 있었다.

하지만 담기령의 원래 목표가 상륙용으로 쓰이고 있는 소조들.

담기령의 두 발이 그대로 땅을 박차며 허공을 갈랐다.

"죽어라!"

귓전을 두드리는 외침에 백무결의 두 눈이 퉁방울만 하게 커졌다.

분명 왜구들 틈에서 들려오는 소리인데, 아주 유창한 한어다. 게다가 입고 있는 옷이나 무기들 또한, 왜구들의 것이 아닌 중원의 복색에 병장기들 또한 중원의 것들.

"하앗!"

백무결이 깜짝 놀라 멈칫하는 사이, 이석약이 일월쌍도를 휘두르며 정면으로 달려들었다.

명도문 제자들과 기웅천이 이끄는 담씨세가 무인들 열 명이 횡으로 열을 지어 방어선을 이루고 있었다. 바로 뒤에서는 인부들이 기겁한 표정으로 군막에서 뛰어나와 저 멀리 달아나고 있었다.

다시 말해, 이들이 만들고 있는 인간의 방벽이 인부들을 지키는 최후의 저지선.

"이 망할 년, 내 눈의 복수를 해주마!"

짧은 말만이 아니라, 긴 이야기 또한 유창한 한어다. 다시 말해 저 왜구들 틈에 있는 자들은 틀림없는 중원인이라는 뜻.

왜구를 겪어 보지 못한 이들이 하는 가장 큰 오해가 바로 왜구는 왜인들로 이루어진 해적이라는 것이다. 하지만 왜구들의 절반가량이 사실은 중원 사람들이다.

황실에 불만을 품은 자들, 죄를 짓고 쫓기는 수배자들이 왜구들에 섞여 중원의 땅을 약탈한다는 것이 진실. 그리고 무엇보다 놀라운 것은, 내륙에서 그 왜구들에게 정보를 주고 은밀하게 협조하는 자들까지 있다는 사실.

백무결이 너무 놀라 움찔하는 사이, 한어로 외친 사내와 이석약이 맞부딪쳤다.

까강!

요란한 쇳소리와 함께 사방으로 불똥이 튀어 올랐다. 안대로 왼쪽 눈을 가린 애꾸 사내가 방천극을 휘두르며 이석약과 어우러지고 있었다.

방천극이 끌어안은 무거운 바람이 사방을 휘저으며 거칠게 이석약을 압박한다. 하지만 이석약의 일월쌍도 역시 손에 꼽을 정도로 거친 도법.

이석약이 한 치의 물러섬도 없이 한 발, 한 발 앞으로 전진한다. 애꾸 사내는 패도적인 힘은 가지고 있지만, 공력은 달리는 듯 이석약이 만들어 내는 도기의 춤사위에 가쁘게 숨을 몰아쉬며 주춤주춤 뒤로 물러서고 있었다.

그리고 그제야 정신을 차린 백무결이 호흡을 골랐다.

"도륙을 내주마!"

웅혼한 기운이 담긴 대성일갈과 함께 백무결의 신형이 공간을 갈랐다.

큰 키와 장대한 덩치와는 어울리지 않는, 정교하고 빠른 검초가 펼쳐졌다.

백무결의 애병, 서하검의 검신을 그물처럼 뒤덮고 있는 것은 새하얀 기의 실타래.

"거, 검삭!"

생각지도 못한 초절 고수의 등장에 왜구들이 우왕좌왕하며 뒤로 물러서는 찰나.

"뛰어!"

한쪽에서 왜구들을 막고 있던 기응천의 외침이 터졌다. 동시에 열 명으로 만든 소규모 적추진이, 작은 화살이 되어 왜구들의 대형을 향해 날아갔다.

"선회!"

순식간에 왜구들의 대형을 꿰뚫은 적추진은, 뒤이은 기응천의 명령에 격하게 방향을 틀었다.

순식간에 왜구들의 대열이 무너지기 시작했다.

초절의 고수인 백무결을 필두로 명도문 제자들의 쉰 쌍의 일월쌍도가 정면을 무겁게 두드려대고, 기응천이 이끄는 담씨세가 열 명의 무인들이 등을 헤집어 대니 정신을 차릴 수가 없었다.

"흐아앗!"

묵직한 외침과 함께 백무결의 장검이 새하얀 빛을 머금으며 전면 이 장의 공간을 휘감는다.

"크아아악!"

비명과 함께 순식간에 다섯 명의 왜구들이 사방으로 피를 뿌리며 흩어졌다.

"물러선다!"

한어와 왜어가 뒤섞인 외침이 소란스럽게 터져 나왔다.

"한 놈도 놓치지 마!"

이석약의 악에 받친 외침이 터져 나오고, 그녀의 신형이 한 마리 비조처럼 세차게 날아들었다.

"허!"

윤명산의 두 눈에 당혹스러운 감정이 떠올랐다.

'이, 이게 진짜 철격인가?'

칼을 부딪치면 부딪칠수록 되돌아오는 반탄력이 강해지고 있었다. 그런데 더 놀라운 것은 그 후였다. 그렇게 온몸을 뒤흔든 반탄력이 단전에 잠시 머무르는가 싶더니, 몸속으로 타고 들어왔던 순서를 역으로 밟으며 오른손으로 뻗치는 것이다. 당연히 그렇게 뻗어 나간 기운은 그대로 칼에 실리고, 그 힘이 고스란히 도격의 위력으로 나타났다.

째앵!

날카로운 소리와 함께 왜구 무사의 손에 들렸던 왜도가 부러지며, 부러진 반 토막이 핑그르르 돌며 바닥에 꽂혔다.

'이, 이게 철격?'

철격의 수련은 되돌아오는 반탄력을 통해 공력을 쌓는

것. 그리고 그렇게 쌓인 공력이 마침내 제 위력을 드러낸 것이었다. 그것도 반탄력이 점점 쌓이며 배가된 힘이 발출된다.

"끅!"

옆에서 답답한 비명이 터졌다. 담씨세가 무인이 휘두른 칼에, 왜구 무사가 목이 절반쯤 갈린 채 피거품을 토하며 쓰러지고 있었다.

"죽여! 왜구들을 밀어내!"

윤명산이 감정에 복받친 외침을 터트리며 거세게 땅을 밟았다. 적어도 세 명은 붙어야만 죽일 수 있었던 왜구 무사들을 혼자의 힘으로 이길 수 있다는 것은, 담씨세가 무인들로서는 믿기 힘들 정도의 어마어마한 진전이었다.

"와아아!"

한껏 사기가 오르며 담씨세가 무인들의 기세가 한층 거세게 타올랐다.

첨벙, 첨벙!

땅을 박찬 담기령의 신형이, 허공을 가르며 도망치는 소조의 선상으로 향하는 순간 요란한 물소리가 울렸다. 강물을 향해 뛰어드는 왜구들로 인한 소리.

담기령이 내려서려는 소조의 왜구들이 우르르 강물로 뛰어든 것이었다. 하지만 무엇보다 큰 문제는, 담기령이 내려서기도 전에 소조가 양쪽으로 쪼개지며 가라앉고 있다는 것.

"큭!"

담기령이 온몸에 갑주를 걸친 것을 보고, 소조 한 척을 희생하는 대신 그를 수장시키려는 생각인 것이다. 저렇게 온몸을 철갑으로 두르고 있다면, 물에 빠졌을 때는 돌덩이나 다름 없는 상태니 충분히 효과적인 방법이었다.

배 한 척을 희생시켜야 하지만, 감당할 수 없을 정도로 강한 적 고수의 목숨과 맞바꾼다면 그리 큰 손해는 아닌 것이다.

다만, 그 대상이 담기령이라는 것이 문제였다.

퍼엉!

담기령의 신형이 그대로 강물로 곤두박질치는 순간, 요란한 소음과 함께 높은 물기둥이 솟구쳤다.

"멍청한 놈, 그런 갑옷을 입고 겁도 없이 물로 뛰어들다니!"

"다른 배로 올라타!"

왜구들이 담기령은 알아들을 수 없는 왜어로 저마다 한마디씩 뱉으며 급히 헤엄을 쳤다. 그때였다.

"어푸, 어푸!"

왜구 중 하나가 갑자기 다급한 얼굴로 연거푸 물을 마시며 양손을 휘젓는다.

"쯧, 버려라."

왜구들 중 지휘자급의 사내가 한심하다는 표정으로 외쳤다. 급히 헤엄을 치다 다리에 쥐라도 난 모양.

그때였다.

"피, 피다!"

"놈이 살아 있다!"

물속으로 가라앉은 왜구의 몸뚱이에서 시뻘건 피가 퍼지며 수면을 붉게 물들인다.

"끄어억!"

뒤이어 또 한 명의 왜구가 비명을 지르며 그대로 가라앉았다. 역시나 물 아래로 붉은 선혈을 퍼트리며.

투웅!

뒤이어 가라앉는 왜구의 시체를 찍으며 튀어오르는 신형 하나.

산 채로 수장될 거라 생각했던 담기령이었다.

"도, 도대체 어떻게!"

왜구들이 믿을 수 없다는 표정으로 외친다. 분명 물에 들어갈 때는 온몸에 갑옷을 입고 있던 놈이, 지금은 갑옷이 보이지 않았다.

온몸을 감싸고 있는 갑옷은, 입는 것도 문제지만 벗는 것 또한 여간 번거로운 것이 아닌 물건이다. 그런데 물속에 빠진 그 잠깐 동안 갑옷을 모두 벗어 버리다니.

하지만 더 큰 문제는, 튕겨 올라간 담기령의 신형이 나머지 두 척의 소조를 향해 날아가고 있다는 것.

꽈아앙!

몇 번의 칼질 끝에, 남아 있던 두 척의 소조마저 그대로 흉측하게 부서져 흩어졌다.

"끄으윽!"

왕무삼은 입에서 연심 신음을 흘리면서도 끈질기게 장검을 휘둘렀다. 오른쪽 바지와 왼쪽 소매가 시뻘겋게 물들어, 한 수 펼칠 때마다 핏방울이 사방으로 흩어졌다.

"젠장, 이래서 여기 오기 싫었다니까!"

왕무삼의 외침에 함께 왜구를 맞이해 싸우던 정오영이 버럭 소리를 질러댔다.

"정신 차려!"

"씨부럴! 지금 정신 차린다고 살 수 있겠냐?"

"망할 새끼야, 여기 와서 한 달 내 악취만 맡았는데 그대로 뒈질 거냐?"

정오영이 악을 써보지만, 왕무삼의 두 눈은 점점 풀어지고 있었다. 피를 꽤 많이 흘린 탓에, 손에 힘이 들어가지 않았다.

"썅! 그러니 그냥 정신 안 차리고 뒈진다니까……."

목소리에서도 조금씩 힘이 빠져나가고 있었다.

"크윽, 이 망할 왜구 새끼들!"

정오영이 기를 쓰고 장검을 휘둘렀다.

진가장과 상운방, 합쳐서 백 명의 무인들이 두꺼운 방벽을 만들고 왜구들을 막고 있었다. 그들의 뒤에 있는 것은, 쇠로 만든 듯 보이는 거대한 원통이었는데, 수십 개의 손잡이가 달려 있는 모양이었다.

쇠사슬을 감거나 풀 수 있게 만든 방차였다. 절왜관은 영녕강 수면에 배를 띄워 물길을 가로막고, 각 배들을 굵은 배들로 연결해 배들이 통과할 수 없도록 시설을 짓고 있었다. 그러니 이 방차는 절왜관 시설 중에서도 가장 중요한 것 중 하나인 셈.

한 달에 걸친 작업 끝에 겨우 한쪽의 작업을 마무리하는 중인데, 이 방차가 망가지면 지난 노고가 수포로 돌아가는 것이다.

"끄으……."

세차게 장검을 휘두르던 왕무삼의 다리가 휘청이는가 싶더니 그대로 몸뚱이가 앞으로 넘어진다.

동시에 왜구 하나가 기묘한 외침과 함께 왜도를 휘둘렀다.

쉐에엑, 까앙!

왜도가 세찬 바람을 끌어안은 찰나, 갑자기 요란한 금속성이 울렸다.

"왜구들을 도륙해라!"

거의 무너지기 직전이었던 방어선에 등장한 갑작스러운 원군들. 바로 인부들을 보호하던 명도문 제자들과 백무결, 상륙해 있던 왜구들을 물리친 담씨세가 무인들이었다.

갑자기 배로 불어난 처주무련의 무인들에 왜구들은 금세 사기가 꺾였다. 수가 불어난 것도 문제지만, 백무결이라는 초절의 무인이 있다는 것이 결정적인 역할을 했다.

"크아악!"

순식간에 서른 명의 왜구가 도륙당했다.

둥둥둥!

그 순간, 저 멀리 수면 위에서 요란한 북소리가 울려 퍼졌다. 그와 함께 왜구들의 요란한 외침이 사방에서 울려 퍼진다.

굳이 알아들을 수 없어도, 그 뜻을 짐작할 수 있는 외침. 바로 퇴각 명령이었다.

방차를 공격하려던 왜구들이 썰물처럼 빠져나갔다.

텀벙, 텀벙!

수십 명의 왜구들이 한꺼번에 영녕강 물속으로 몸을 던져 황급히 손발을 휘저었다.

"쫓아라!"

기세가 오른 처주무련 무인들이 함성을 내지르며 달려나가려는 찰나, 뒤쪽에서 우렁찬 외침이 터져 나왔다.

"쫓지 마시오!"

한껏 공력이 담긴 외침이 거대한 메아리를 남기며 사방으로 흩어졌다.

그 거대한 외침에 처주무련의 무인들이 거의 동시에 발을 멈추고 뒤를 돌아보았다.

절왜관을 통괄하여 관리하는 담기령이었다.

담기령이 무인들을 향해 외쳤다.

"명도문과 진가장, 상운방 무인들은 일단 부상자들을 수습하시오. 담씨세가는 남아서 저항하는 왜구들만 처리하고, 나머지는 생포하라!"

"예!"

우렁찬 대답과 함께 처주무련의 무인들이 자신에게 주어진 일들을 처리하기 위해 사방으로 흩어졌다.

8장

격전이 끝난 후

"후우!"

긴 한숨이 군막 안의 무거운 공기를 휘저었다.

진가장 부상 이십, 사망 십. 상운방 부상 십이, 사망 팔. 명도문 부상 십이, 사망 오. 담씨세가 부상 칠, 사망 이.

전체 부상자가 쉰한 명에 사망자가 스물다섯 명이었다. 현재 절왜관의 무인이 모두 이백 명이니, 부상자와 사망자를 합치면 거의 사 할에 가까운 피해였다.

그나마 담씨세가는 철격 수련을 시작한 이들을 중심으로 파견한 덕분에 피해가 적었고, 명도문의 경우에는 백무결의 도움으로 그 정도 피해로 사태를 마무리할 수 있었다.

하지만 진가장과 상운방의 피해는 아주 심각한 상황.

절왜관의 임시 관주인 담기령이 나지막한 목소리로 말했다.

"일단 각 방파의 책임자들은 부상자를 청전현 현도로 보내 치료를 받게 하십시오. 그리고 사망자에 대해서는……."

잠시 말끝을 흐린 담기령이, 각 방파의 책임자들과 시선을 맞춘 후 말을 이었다.

"이런 식으로 위로가 되지는 않겠지만, 돌아가신 분들의 가족들에게는 처주무련에서 따로 보상을 하겠습니다. 각 방파에서 따로 가족들에게 위로와 보상을 해주시기 바랍니다."

담기령이 원래 살던 저쪽 세상에서는 전사자에 대해 이러한 원칙을 만들어 두고 있었다. 영지나 국가를 위해 희생당한 병사나 기사들의 가족들에게는, 금전적인 보상은 물론 영주나 황제의 권한으로 그들의 삶에 대한 일정 수준의 혜택을 지속적으로 제공했던 것이다.

담기령의 말에 다들 묵묵히 고개를 끄덕일 뿐이었다.

보통 자신들의 지역에서 왜구를 맞이할 때는 이 정도까지 어마어마한 피해는 입지 않는다. 대부분 양민들을 대피시키고, 왜구들을 죽이는 것보다는 밀어내는 방향으로 움직이니 부상자는 많아도 사망자는 그리 많은 편이 아니었다.

그런데 절왜관에서는 생각한 것 이상으로 커다란 피해를 입은 것이다. 절왜관이라는 곳이 갖고 있는 무게가 어느 정도인지 이제야 실감을 하는 이들도 있다.

각 지역으로 나뉘어 찾아오는 왜구들이 아닌, 그 입구에서 전체를 막아야 한다는 것은 생각한 것 이상으로 힘든 일인 것이다.

더군다나 처주부의 아홉 방파가 해야 할 일을, 겨우 네 개 방파가 하고 있으니 그로 인한 부담도 상당했다.

새삼 이런 결정을 내린 자신들의 수장이 원망스럽고, 이러한 일을 발의한 담씨세가에 대한 원망도 든다.

하지만 그것들보다 더 강하게 머릿속을 가득 채우고 있는 것은 왜구들에 대한 복수심이었다.

한참 동안 무거운 공기가 군막 안을 내리누르고 있는 상황에, 담기령이 다시 말을 이었다.

"좀 이른 감이 있지만 심각하게 생각해야 할 부분이 있습니다."

가장 먼저 동조한 이는 이석약이었다.

"네, 누군가 왜구들에게 정보를 넘겼어요."

두 사람의 대화에 멍한 표정을 짓고 있던 나머지 두 사람, 진가장의 진수명과 상운방의 곽구재가 경악한 표정으로 외쳤다.

"그게 무슨 말이오?"

"정보를? 간자가 있단 말입니까?"

담기령이 가만히 고개를 저으며 말했다.

"간자라고 확신을 할 수는 없습니다만, 놈들이 절왜관 자체를 목표로 했다는 것은 분명합니다."

"그럼 그게 무슨 말이오?"

"이번에 들어온 왜구들의 배부터 생각해 보시지요."

"배?"

대형인 안택선과 중형인 관선, 그리고 소형 선박인 소조. 눈치 빠른 진수명이 한껏 목소리를 낮춰 말했다.

"소조를 네 척이나 끌고 왔군요."

왜구들이 강물을 거슬러 올라올 때는 대부분 관선을 이용했다.

안택선의 경우 대형인 탓에 강물을 거스르기도 힘들뿐더러, 조금만 더 상류로 올라가면 강의 폭과 수심에 막히고 만다. 반면 소조는 태울 수 있는 인원이 그리 많지 않은 데다, 약탈한 물건을 싣는 것도 힘든 탓에 효율적이지 못하다.

그런데 이번에 절왜관을 공격한 왜구들은, 안택선에 대규모 인원을 태우고, 그 인원을 나누어 소조로 상륙을 하는 방식을 택했다.

안택선이 올라왔다는 것은 이곳보다 상류로 올라갈 생각이 없었다는 의미고, 소조를 네 척이나 가지고 왔다는 말은 접안 시설이 없는 곳에 상륙하려 했다는 뜻.

다시 말해 절왜관 자체가 목표였다는 의미다.

이석약이 설명을 이었다.

"접안 시설도 없는 이곳에 상륙했다는 것 자체가 이미 절왜관을 목표로 했다는 뜻이죠. 거기에 더해서 이번 놈들의 목적은 약탈이 아니었어요."

조금 늦게 상황을 파악한 곽구재가 뜨악한 표정으로 말했다.

"인부들과 방차를 노렸군!"

인부들은 시설 공사의 중요한 재원이고, 방차는 절왜관 시설의 핵심이었다. 놈들이 그 두 가지를 노리고 왔다는 말은, 절왜관에 대해서 어느 정도 정보를 가지고 있었다는 의미.

"간자가 아니라면?"

곽구재의 물음에, 담기령이 물음으로 대답했다.

"놈들에 대해서는 다 아시지 않습니까?"

왜구들은 크게 세 부류가 있었다.

첫 번째는, 전쟁이 한창인 동영에서 바다를 건너오는 말 그대로의 왜구들.

두 번째는, 명 황실에 불만을 품거나 죄를 짓고 쫓겨 다니다가 왜구들에 합류하는 중원인들.

세 번째는, 개인의 이득을 위해 내륙에서 바다 밖 왜구들과 결탁한 중원인들.

그중 지금 담기령이 말하고자 하는 이들은 바로 세 번째

부류였다. 그들은 바다 밖에서 직접 싸우기 보다는, 왜구들과 주기적으로 정보를 전해 주는 이들이었다.

하지만 워낙 은밀하게 움직이는 탓에 꼬리를 잡을 수도 없거니와, 증거를 잡기도 어려웠다.

이번 왜구들의 절왜관 습격은, 아마 그들이 왜구들에게 정보를 건네주면서 생긴 일이 분명했다. 그들의 입장에서는 처주부에 왜구들이 들어올 수 없게 되면, 자신들 또한 손가락만 빨고 있어야 하는 상황이니 놈들로서는 당연한 행동이었다.

"후우!"

곽구재와 진수명이 긴 한숨을 내쉬며 안타까운 표정을 지었다. 방법이 없기 때문이다.

왜구들과 내통하는 자들의 존재에 대해서는, 처주부뿐만 아니라 절강과 복건성에 모르는 이가 없었다. 하지만 그들을 잡을 수 없다는 것이 문제였다.

무림 방파들은 물론, 관가와 각 위소에서까지 눈에 불을 켜고 놈들을 색출하려 했지만 번번이 실패했기 때문이었다.

가끔 한두 명 잡는 경우도 있지만 거기서 끝이었다. 점조직으로 이루어진 탓에, 꼬리만 잘라 내고 사라지니 몸통을 잡을 방법이 없는 것이다.

"놈들을 잡는 것이 어렵다는 것은 알고 있습니다. 하지만 방법은 또 생각해 봐야겠지요. 우선은 영녕계와 연계하

여 정보를 모으고 방법을 고민해 볼 테니, 여러분도 괜찮은 생각이 있으면 언제라도 말씀해 주십시오."

혹시나 하는 표정으로 담기령을 보던 진수명과 곽구재가 이내 실망한 표정으로 고개를 내저었다.

"일단은 시신을 수습하고, 각 방파에 연락해 주십시오. 그다음은 급한 일을 마무리한 후에 다시 논의해 보는 것이 좋겠습니다."

진수명과 곽구재가 힘빠진 모습으로 인사를 하고 군막을 나섰다.

"이 소저는 본산에 연락을 하지 않으십니까?"

담기령이 아직 일어서지 않고 있는 이석약을 향해 물었다.

"아침에 사제 한 명을 보냈으니 걱정하실 것 없어요."

"그렇군요. 그런데 아직 볼일이 남았습니까?"

이석약이 슬쩍 군막 밖의 동향을 살핀 후, 나직한 목소리로 말했다.

"저들을 믿지 않는 건가요?"

"그게 무슨 말입니까?"

"뭔가 생각이 있는 것 같은데, 말씀을 안 하시니까요."

"허, 왜 그런 생각을 하시는지 모르겠군요."

"글쎄요? 그냥 그렇게 보인다고밖에는 말씀을 못 드리겠네요. 아무튼, 어떤 방법을 생각하고 있는 거죠?"

담기령이 은근슬쩍 말을 돌렸음에도, 이석약은 확신에 찬 표정으로 대답을 재촉했다.

"뭐랄까요? 한 가지 있기는 한데……."

담기령이 슬적 말꼬리를 흐렸다. 그런 담기령의 모습에 이석약이 그럴 줄 알았다는 듯 피식 웃어 보인다.

"아주 무식하면서, 지난한 방법이 될 것 같아서 말입니다."

"무식한 방법은 보통 지난하지는 않을 텐데요?"

"하지만 오랜 세월 동안 아무도 해결하지 못한 문제입니다. 많은 인력은 물론, 자금과 시간이 걸릴 겁니다. 그러니 지난하다는 거지요."

"그래서 무슨 방법인가요?"

"방법이랄 것도 없습니다. 광범위하게 미끼를 던지는 수밖에요."

이석약이 천천히 고개를 끄덕였다. 광범위한 미끼라면 그것을 무는 것을 기다리는 것은, 물론 무엇이 낚일지 고도의 인내심이 필요할 터.

"강태공이 되어야겠군요."

순간 담기령의 얼굴에 흠칫한 표정이 스쳤다.

'그건 또…… 누구야?'

가끔 이렇게 알 수 없는 이름이 나올 때마다 아주 곤욕스러운 기분. 하지만 상대는 다른 사람도 아닌 이석약이었다.

그렇지 않아도 자신이 진짜 담기령인지에 대해서 의심을 했던 그녀였다. 어쩌면 아직도 의심을 풀지 않고 있을 수도 있는 일. 그러니 이석약 앞에서 빈틈을 보일 수는 없었다.

"그래야겠지요. 일단은 영녕계와 세가의 책사들을 모아 이야기를 해볼까 합니다."

"알겠습니다. 아, 그런데……."

"또 하실 말씀이 남았습니까?"

"백무결 소협은 어찌하실 건가요?"

"그것이……."

지난밤의 갑작스러운 전투가 끝난 후, 담기령은 백무결에 대해서 꽤 깊은 고민을 한 후였다.

그 전투에서, 담씨세가를 제외하고 명도문의 피해가 가장 적을 수 있었던 이유에는 백무결의 도움이 큰 비중을 차지하고 있었다.

다시 말해, 왜구들을 상대하는 데 있어서 초절 수준의 고수가 끼치는 영향이 그만큼 크다는 방증.

"백무결이 절왜관에 큰 도움이 된다는 것은 분명합니다. 하지만 그를 이곳에 두기에는 위험한 부분이 많습니다."

"선택하기 힘든 문제지요."

"그래서 다른 방법을 생각해 두었습니다만……."

"다른 방법이요?"

"네, 하지만 우선은 그의 의사를 들어 보아야 합니다."

이석약이 궁금한 표정으로 담기령의 다음 말을 기다렸지만, 담기령은 더 이상은 말해주지 않았다.

"일단 이야기해 본 후에 말씀드리지요."

"또 무슨 방법을 쓸지 궁금했는데……. 아쉽네요."

"곧 알게 될 겁니다."

"지난밤에는 고마웠소. 덕분에 피해를 조금이라도 줄일 수 있었소."

담기령의 말에 백무결이 손사래를 친다.

"당연히 할 일을 했을 뿐이니 그리 말할 것 없소이다."

"뭐, 그리 생각한다면야……."

담기령이 알았다는 듯 곧장 고개를 끄덕였다. 그리고 잠시 침묵이 맴돌았다.

그 어색한 정적이 싫었는지 백무결이 실없는 소리를 꺼내 들었다.

"하하! 지난밤에 계속 대작을 했으면 서로 친구로 지내게 됐을지도 모르는데……. 그놈의 왜구들이 기가 막힌 순간에 쳐들어왔소이다."

백무결의 말에 담기령이 조금은 편하게 변했던 말투를 바로 바꾸었다.

"그랬군요. 뭐, 일단은 아쉽다고 해야 할까요?"

담기령이 갑자기 태도를 바꾸는 모습에 백무결이 짐짓

섭섭하다는 표정을 짓는다. 하지만 그것에 대해 뭐라고 말을 하기도 전에, 담기령이 피식 웃으며 말을 이었다.

"백 공자, 아니, 백 소협의 도움은 정말 고마웠소. 또한, 절왜관에 도움을 주고 싶다는 마음 또한 감사하오."

"여전히 싫다는 말이오?"

백무결이 담기령의 말을 예상한 듯 실망스러운 표정을 짓는다. 그에 대해 담기령의 표정이 한층 진지하게 변했다.

"솔직히 터놓고 이야기하겠소."

백무결 또한 덩달아 진지한 표정을 지었다.

"말씀하시오."

"백 소협의 선사는, 중원 어디에서나 이름만 대면 알 수 있는 검협 백운서 대협이오."

"그렇소만?"

"그 선사의 이름이, 백 소협의 그 배경이 우리 처주무련으로서는 부담스럽소."

백무결이 이해 못한 표정으로 담기령을 보았다.

"스승님은 스승님이고, 나는 나요. 왜 갑자기 선사의 이름을 꺼내는지 모르겠소."

"백 소협 본인은 그것에 대해 별다른 생각이 없을지 모르지만, 세상 사람들은 그렇지 못하단 말이오."

"알아듣기 쉽게 말씀해 보시오."

"검협 백운서의 제자가 이곳에 머물게 되면, 처주무련과 절왜관의 이름은 작아지고 검협 백운서의 제자 백무결의 이름만 올라가게 되는 결과가 나온단 말이오."

"음!"

순간 백무결의 얼굴에 불쾌한 표정이 스쳤다. 겨우 그런 것 때문에 큰 도움이 될 수 있는 자신을 내치려 한다는 사실에 가지고 있던 호의마저 옅어진다.

하지만 담기령은 백무결의 표정 변화에 신경도 쓰지 않은 채 말을 이었다.

"처음 이곳으로 찾아온 날, 분명히 말을 했소이다. 처주무련의 이름을 높이기 위해 절왜관을 지었다고 말이오."

"그렇기는 했소만……."

"그러니 백 소협이 어찌 생각하든, 백 소협이 이곳에 머무는 것은 처주무련의 목적에 위배되오."

"흐음……."

내용은 이해가 된다. 하지만 실망감이 사라지는 것은 아니다. 백무결이 보기에는 그것이 그렇게나 큰 문제인가 싶을 뿐이었다.

"또 한 가지."

"또 있소?"

"백 소협이 이곳에 머물게 되면, 백 소협을 중심으로 세력이 만들어질 거요."

"세력? 나는 그런 것을 원치 않소."

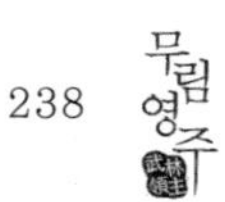

"하지만 무림의 혈기 왕성한 젊은 무인들이, 백 소협처럼 협의에 뜻을 두고 있는 협사들이 찾아오는 것은 당연한 흐름이오. 그리고 그런 이들이 뜻을 품고 찾아온다면 백 소협은 그들을 내칠 수 없을 것이오."

담기령의 설명에 백무결이 고개를 주억거린다. 돕겠다고 찾아오는 이들을 어떻게 내친단 말인가.

"그리고 우리 입장에서는 그 세력 또한 부담스러운 것은 마찬가지요."

"결국, 절대 내 도움은 받지 않겠다는 말이구려."

백무결이 감정을 감추지 못한 채 퉁명스레 말을 뱉었다. 하지만 담기령의 말은 끝난 것이 아니었다.

"그래서 한 가지 제안을 할까 하오."

"제안?"

의외의 말에 백무결이 솔깃한 표정으로 귀를 기울였다.

"당분간 이곳 절왜관에 머물면서 도움을 주시오."

"당분간?"

"그러다 보면 방금 말했듯이 백 소협을 보고 찾아오는 이들이 생기고, 백 소협을 중심으로 세력이 형성될 것이오."

"그다음은 어쩌라는 말이오?"

"절강성의 왜구들을 막아 주시오."

백무결이 이건 또 무슨 말장난인가 하는 얼굴로 담기령

을 보았다.

"절강성에서 왜구들로 인해 피해를 보는 곳은 처주부만이 아니오. 내륙인 처주부보다, 해안을 끼고 있는 쪽이 더 많은 피해를 보고 있소."

"그렇기야 하오만……."

"그러니 백 소협을 중심으로 세력이 만들어지면, 그들과 함께 해안이나 다른 내륙의 왜구들을 막아달라는 말이오."

"호오……."

백무결이 저도 모르게 고개를 끄덕였다. 꽤 그럴싸한 이야기다. 절왜관이 제 역할을 하게 되면, 어쩌면 자신의 도움은 그리 크게 필요가 없을지도 몰랐다.

하지만 다른 지역은 사정이 또 다르다.

"하지만 백 소협은 돈이 없소이다. 그리고 백 소협을 보고 찾아오는 혈기 왕성한 협사들 또한 돈이 없는 것은 마찬가지일 것이오."

"음!"

백무결이 흠칫한 표정으로 고개를 끄덕였다. 사람이 얼마나 모일지는 모르지만, 담기령이 말한 것으로 추측해 보건데 꽤 많은 사람이 모일 가능성이 컸다.

하지만 자신은 그 사람들을 도와줄 재력이 없었다. 따로 돈 나올 곳이 없으니 당연한 일.

"그래서 제안하는 것이오. 처주무련에서 백 소협과 그들을 지원하겠소."

백무결이 아까 담기령이 했던 말을 떠올리며 물었다.

"그, 그게 무슨 말이오? 처주무련에 크게 득이 되는 일은 없지 않소?"

이익을 우선으로 생각한다고 말해놓고 금전적으로 지원을 하겠다니 이상한 일이다.

"그 일이 원활하게 진행된다면, 백 소협은 같은 뜻을 가진 사람들과 함께 의협을 행할 수 있소. 그리고 처주무련은 백 소협의 세력을 지원해 절강성 전체의 왜구를 막는 데 힘을 쓰고 있다는 이름값을 얻을 수 있소. 즉, 거래를 하자는 거요. 백 소협은 자신의 뜻을 펴고, 처주무련은 위명을 올리는 결과를 얻을 수 있으니 말이오. 아, 절왜관은 안정될 때까지 백 소협의 도움을 얻을 수 있으니 그 또한 우리로서는 손해가 아니오."

"하!"

백무결이 허탈한 표정으로 입을 반쯤 벌렸다. 이런 방법을 생각해 낸 담기령의 머릿속이 신기할 따름이다.

"어쩌시겠소?"

"하하, 하!"

기가 막혀 헛웃음만 나온다. 하지만 머릿속으로는 담기령의 제안을 처음부터 다시 곱씹어본다. 다른 의도를 갖고 있는 건 아닌지 짚어봐야 할 것 같은 기분이 든 탓이다.

그런 백무결의 속을 읽었는지 담기령이 말을 더했다.

"그 외에 다른 계산은 없소. 그러니 한 번 생각해 보고, 대답해 주시오."

말을 마친 담기령이 자리에서 일어섰다. 그때 백무결이 말했다.

"하겠소."

담기령이 일어서던 자세 그대로 멈칫하며 백무결을 내려다보았다.

"너무 쉽게 결정하는 건 아니오?"

그 말에 백무결이 담기령을 쳐다보며 말을 이었다.

"선사께서 등선하신 후, 나에게 남은 건 선사의 유훈밖에 없소이다. 하지만 사실……."

백무결이 잠시 말꼬리를 흐리는 사이, 담기령이 다시 자리에 앉았다.

"현실적으로 협의에 모든 것을 걸면서 사는 것은 분명 어려운 일이었소. 그리 길지 않은 여행이었지만, 절감할 수 있었소이다."

무공과 몸뚱이만 덩그러니 있는 자가 마음먹은 대로 의협을 행하며 산다는 건 현실적으로 아주 힘든 일이었다.

"하지만 담 공자의 제안을 받아들인다면, 나는 잠시나마 내 뜻을 펼칠 수 있을뿐더러 같은 뜻을 품은 이들도 도울 수 있소이다."

담기령이 차분하게 그 말을 받았다.

"일전에 술을 마시며 했던 말씀을 기억하시오?"

"어떤 이야기를 말하는 것이오?"

"각자가 자신의 자리에서 도리에 어긋나지 않고 본분에 충실하다면 그것이 협행이라는 말."

"기억하오."

"백 소협이 그런 생각을 가지고 있다면, 내 제안을 받아들이는 것이 그리 나쁜 결과는 아닐 거라 장담하오."

"하하, 그러니 하겠다는 것 아니오?"

"고맙소이다."

어떤 식이든 처주무련의 입장에서는 백무결이 가진 배경을 이용하는 셈이었다. 그리고 백무결은 그 부분에 대해 흔쾌히 받아들였다. 서로가 서로에게 득이 될 수 있는 거래.

담기령이 백무결을 향해 말했다.

"따로 군막을 하나 내어드리겠소. 일단 절왜관이 제 역할을 할 때까지는 도와주셨으면 하오."

"어차피 혼자서는 할 수 없는 일이오. 담 공자 말대로, 내 주위로 사람이 모이는지 아직 확신할 수 없는 일이기도 하니 그때까지는 당연히 기다려야 되지 않겠소?"

"내 말대로 될 거라 장담하오. 아, 그리고……."

담기령이 갑자기 생각난 듯 다른 이야기를 꺼냈다.

"말씀하시오."

"며칠 동안 절왜관을 비워야 할 것 같소."

"음?"

"바로 어제 있었던 일이니, 며칠 사이에 별일은 없겠지만 혹시나 싶어서 말이오. 일단 내 일은 우리 세가의 윤 향주가 맡아서 할 것이오. 하지만 그로서는 버거운 일도 있을 수 있으니 백 소협이 그를 좀 도와주시오."

"나야 어차피 객의 입장이니 시키는 대로 해야지. 알겠소이다."

"그럼 따로 군막을 준비하라 이르겠소이다."

"좋은 방법이네요."

이석약의 평가에 담기령이 고개를 끄덕였다.

"서로 손해 볼 것은 없으니 괜찮지요."

"그런데 꽤 외골수로 보였는데, 생각보다는 융통성이 있었던 모양이군요."

"그거야 두고 봐야 알겠지만, 뭐 일단은 흔쾌히 받아들였으니 나도 만족하는 중이오."

"그럼 이제 부도로 떠날 건가요?"

"예, 그래야지요. 어제 생포한 왜구들을 부청으로 압송해야 하니, 그 일도 겸할 생각입니다. 무슨 문제라도 있습니까?"

담기령이 고개를 갸웃거리며 물었다.

"바로 어제 그 난리가 났는데, 관주가 바로 자리를 비우는 것도 모양새가 좀 애매하지 않나 싶어서요."

"그럴 수도 있지만, 하루라도 빨리 준비를 하는 게 좋지 않겠습니까?"

"그렇기는 하죠."

"그런데 왜 그리 관심이 많으십니까?"

담기령의 물음에 이석약이 빙긋 웃으며 말했다.

"담씨세가에서 이번에는 어떤 수를 보여줄지 궁금해서 그러는 것뿐이에요."

"일단 그 역시 이야기가 마무리되면 알려드리겠습니다."

"알았어요."

9장
영녕계

까가강!

요란한 쇳소리와 함께 섬뜩한 칼바람이 난무한다.

"끄억!"

숨이 꺼져 가는 듯한 비명과 함께 그림자 하나가 그대로 바닥을 나뒹굴었다.

"아악!"

그리고는 바닥에 쓰러진 상태로 온몸을 배배 꼬며 경련이라도 일어난 듯 사지를 부르르 떨었다.

담씨세가의 처주부도 장원인 평원장 연무장에서 새벽부터 지금까지 수십 번 반복되고 있는 상황이었다.

"일어나라."

냉정한 목소리로 말하는 이는 담기령이었다.
"혀, 형님!"
일어나려고 안간힘을 쓰며 울상을 짓고 있는 이는 평원장 장주 담기명이었다.
"수련을 게을리 했으면, 그에 상응하는 대가를 치러야지."
담기령의 냉정한 목소리에 담기명이 서러운 표정으로 몸을 일으켰다.
"저는 정말 열심히 했다니까요!"
억울한 듯 항변해 보지만, 되돌아온 것은 엄한 질책뿐이었다.
"열심히 했는데 이 모양이더냐?"
"할 일이 많지 않습니까?"
"전에 말하지 않았느냐? 세가의 직계라면 그 둘 모두 병행할 수 있어야 하는 법이다."
입을 삐죽이며 몸을 일으키는 동생을 지켜보던 담기령이 고개를 들어 하늘을 쳐다보았다.
그리고는 뒤로 돌아 아까부터 서서 기다리고 있던 이세신에게 물었다.
"섭 지부가 순찰을 나서는 시간이 지금쯤인가?"
"예, 소가주님."
"가봐야겠군. 기명이 너는 내가 올 때까지 수련을 하고 있어라."

"컥!"

담기명이 금방에라도 넘어갈 듯 신음을 흘린다. 새벽부터 수련을 빙자한 구타를 당하며 수십 번을 굴렀는데, 또 수련을 하라니.

하지만 다른 방법이 없었다. 형님이 시켰으니 하는 수밖에.

담기령은 장원을 나서 영녕대가로 이어지는 골목을 따라 걸음을 옮겼다.

골목의 출구에서 잠시 기다리고 있자니, 저 멀리 부청 쪽에서 이쪽으로 다가오는 한 무리의 사람들이 보인다.

가장 선두에 선 섭문경을 필두로, 좌우와 뒤로 부청의 관리들과 처주부도의 상인들이 따라 걷고 있었다.

"나오셨습니까, 지부 대인."

담기령 또한 그 대열에 슬쩍 합류하며 인사를 건넸다.

"담 소가주가 아닙니까? 언제 부도에 오셨습니까?"

섭문경이 반가운 표정으로 담기령을 맞이했다.

"어젯 도착했습니다. 밤이 늦어 인사를 올리지 못했습니다."

"그랬군요. 아, 그러고 보니 이틀 전 절왜관의 일은 보고받았습니다. 일단 자세한 이야기는 낮에 따로 하도록 하지요."

"예."

짧은 이야기를 마친 후, 담기령이 대열에 끼어들었다. 그런데 갑자기 옆에서 시선이 느껴진다.

"아! 유 상주님 오랜만에 뵙습니다."

담기령이 슬쩍 앞의 섭문경을 살핀 후, 나직한 목소리로 인사를 건넸다.

"험험!"

하지만 유제광은 헛기침을 하며 슬쩍 시선을 돌릴 뿐, 담기령의 인사를 받지 않았다.

그 모습에 담기령이 저도 모르게 피식 웃고 말았다.

'기분이 상할 만하긴 하지.'

유제광은 그동안 몇 번이나 담씨세가에 만남을 청해 왔었다. 담기령이 처음 부도에 왔을 때부터 시작해, 용천현에 있을 때, 그리고 절왜관에 있는 동안에도.

하지만 담기령은 그것을 번번이 거절한 것은 물론, 평원장 장주로 오게 된 담기명에게도 거절할 것을 명해 놓은 터였다.

처주부 상단 전체를 아우르는 영녕계의 장계로서 자존심이 상하는 것도 어찌 보면 당연한 일.

담기령이 나지막한 목소리로 유제광에게 말했다.

"오늘 저녁에 평원장에 따로 자리를 마련하겠습니다."

그제야 유제광의 고개가 담기령 쪽으로 향했다. 그 모습

에 담기령은 속으로 고소를 머금을 수밖에 없었다.

유제광의 지위를 생각하면, 몇 번이나 거절을 당해 놓고 이제 와 초청을 한다고 그것을 받아들이는 것은 상당히 자존심이 상하는 일일 수밖에 없었다.

하지만 담씨세가는 절왜관을 쥐고 있었고, 절왜관은 처주부 상단들의 목숨줄이 될 것이 뻔하니 자존심이 상해도 어쩔 수 없는 것이다.

"따로 배첩을 보내겠습니다."

"험, 허엄!"

유제광이 다시 한 번 헛기침을 하며 슬쩍 먼 산을 보았다.

"피해가 꽤 심각한 것 같던데?"

독대하는 자리가 되자, 섭문경이 자연스레 말을 낮췄다.

"예, 예상보다 심각하기는 합니다."

"흐음, 그래서 따로 관졸들을 배치를 할까 하는 생각을 했는데……."

섭문경의 입장에서, 절왜관 건은 이후 자신의 관직에 큰 영향을 미칠 일이었다. 그러니 신경이 쓰일 수밖에 없었고, 관졸들이라도 배치를 하는 쪽으로 생각을 하게 된 것이다.

하지만 담기령은 고개를 저었다.

"이유는 충분히 알고 있습니다만, 그러실 필요는 없습

니다."

섭문경이 불안한 표정을 지으면서도 고개를 끄덕였다.

"알겠네. 내 자네만 믿겠네."

일단 믿기로 했으니 끝까지 믿어주는 쪽이 옳았다. 그리고 지금까지는 큰 문제 없이 일을 잘 진행하고 있으니, 괜히 끼어드는 것도 모양새가 좋지 않았다.

"은광은 어떤가?"

"듣기로는 허 지현이 자주 찾아와 확인을 한다고 하더군요. 별다른 차질 없이 채굴을 진행하고 있으니, 그 역시 문제는 없으리라 봅니다."

"알겠네. 그런데, 아침에 눈치를 보니 따로 부탁할 것이 있는 모양이던데?"

"실은 이번 절왜관 습격 때문에 급히 해결해야 할 문제가 있어서 부탁을 드리려고 찾아 뵈었습니다."

"말하게."

"이번 왜구들의 습격은, 절왜관 자체를 목표로 한 것이었습니다."

"그야 놈들 입장에서는 당연한 일 아닌가."

"문제는 놈들이 절왜관에 대해 꽤 자세한 정보를 가지고 있었다는 점입니다."

"그 말은?"

섭문경이 담기령이 말하고자 하는 바를 단번에 알아듣고

는 두 눈을 가늘게 좁혔다.

"누군가 정보를 흘린 것이지요."

잠시 생각을 정리한 섭문경이 자신 없는 목소리로 물었다.

"처주무련에 반발심을 가진 방파들의 짓은 아닌가?"

그 말에 담기령이 고개를 저었다.

"절왜관에서 통행세를 받게 될 거라는 사실은 아직 비밀인 상태입니다. 그런데 굳이 그들이 절왜관을 무너트리려 할 이유가 없습니다. 왜구들이 올라오지 않으면, 결과적으로 자신들은 이득을 보게 되니 아직은 그럴 이유가 없습니다."

"그 말은 통행세를 받게 되면 그럴 이유가 생긴다는 말인가?"

"그렇겠지요. 하지만 그건 일이 벌어지고 난 후, 그들이 어떤 반응을 보일지 지켜봐야 하니 아직은 신경 쓰지 않아도 됩니다."

"그렇다면 정보를 흘린 자를 찾는 것은 더 힘들어지는 게 아닌가?"

섭문경 역시 내륙에서 왜구들과 내통하는 자들에 대해 모르지 않았다. 하지만 놈들을 잡을 방법이 없으니, 행동으로 옮기지 못하고 있는 것이었다.

"그래서 이번 기회에 놈들의 꼬리를 한 번 잡아볼까 생각합니다.”

섭문경의 얼굴에 회의적인 표정이 떠올랐다.

“힘들 텐데?”

“그럴 것 같습니다.”

“단순히 그리 생각할 일이 아닐세. 왜구들이 여러 무리로 나뉘어 있는 것만큼 내륙의 그놈들 또한 각각 내통하는 무리가 다르다네. 운 좋게 하나 잡는다 해도, 잡히는 놈은 꼬리일 뿐이지 몸통은 아니란 말일세. 그리고 몸통을 잡아도, 결국 다른 왜구들의 내통자는 건재하다는 것도 문제일세.”

“알고 있습니다. 하지만 그렇다고 손놓고 있을 수는 없는 일 아니겠습니까?”

담기령의 말에 섭문경이 문득 궁금한 표정으로 물었다.

“좋은 방법이 있나?”

하지만 담기령은 곧장 고개를 저었다.

“지부 대인께서 그렇게 물으실 정도입니다. 특별히 좋은 방법이 있을 리 없지요.”

“그럼 어쩌자는 건가?”

“넓고 많은 미끼를 던지는 겁니다.”

섭문경의 얼굴이 어둡게 변했다.

“그런 방법이야 써 봤지. 하지만 별다른 효과는 없었다네.”

"말씀드리지 않았습니까. 좋은 방법은 없습니다. 이런 일을 해결하는 방법은 오직 한 가지밖에 없지 않습니까?"

"한 가지? 뭘 말하는 건가?"

"꾸준함입니다."

"으음!"

섭문경의 입에서 옅은 신음이 새어 나왔다.

"동원할 수 있는 모든 수단을 동원하고, 놈들이 질려서 그짓을 할 엄두도 내지 못할 정도로 끈질기게. 제가 볼 때 놈들을 처리하는 것은 오직 그 방법밖에 없습니다."

무식하지만 지난한 방법. 담기령이 이석약에게 했던 말 그대로의 방법이었다.

한참을 고민하던 섭문경이 애매한 표정으로 말했다.

"효율도 생각해야 하지 않겠나?"

"내통하는 놈들이 있어도, 없어도 왜구들은 계속 약탈을 해 올 거라는 말씀입니까?"

"그렇다네. 거기에 힘을 쓸 바에는, 차라리 절왜관에 좀 더 집중을 해서 하루라도 빨리 공사를 마무리하는 게 좋은 거라고 생각하네만?"

담기령도 고개를 끄덕였다.

"맞습니다."

"그런데도 굳이 어려운 길로 가겠다는 이유가 뭔가?"

잠시 고민하던 담기령이 의외의 답을 내놓았다.

"공명심입니다."

"뭐라고?"

"지부 대인께서도 그렇지만 저 역시 목표하는 바가 큽니다. 어쩌면 이루지 못할 수도 있습니다."

섭문경이 천천히 고개를 끄덕였다. 예전에 만났을 때 나눴던 이야기가 떠오른 것이다. 섭문경의 목표는 조정의, 순천부의 정점에 서는 것이었고, 담기령은 담씨세가를 무림의 정점에 세우는 것이 최종적인 목표였다.

"훗날을 위해 지금 공을 쌓아야 합니다."

"흐음!"

"처주부의 왜구를 완전히 뿌리 뽑았다는 것과 처주부에 왜구들이 들어오지 못하게 막았다는 것은 큰 차이가 있습니다."

"그렇기는 하지."

"물론 저는 그 외에 한 가지 이유가 더 있기는 합니다."

섭문경이 반사적으로 고개를 갸웃거렸다. 이렇게 지난한 일을 진행할 또 다른 이유가 딱히 떠오르지가 않는다.

"다른 이유라?"

"저희 가주님, 그러니까 제 아버지께서는 처주무련의 련주이십니다. 담씨세가는 처주무련을 대표하는 가문이지요. 그런 만큼 처주무련에 속해 있는 무인들을 보호할 필요가 있습니다. 내통자들이 활개를 치고 다닌다면, 절왜관이 제 역할을 하게 되더라도 지속적으로 큰 피해를 감수해야 합니다."

그 말을 들은 섭문경이 저도 모르게 피식 웃었다. 섭문경이 지은 미소의 의미가 뭔가 싶어 담기령이 곧바로 물었다.

"왜 그러십니까?"

"나에게 공명심 운운하며 욕심을 내게 만들어 놓고, 사실은 그게 목적이었던 겐가?"

담기령도 결국 피식 웃을 수밖에 없었다.

"처주무련이라고 결성해 놓고, 제대로 울타리를 쳐주지 못하는 건 무능함을 드러내는 꼴이지요. 뭐, 이것이 목적이라 해도 아까 말씀드린 것과 같은 맥락입니다. 처주무련이라는 울타리에 들어오면 안전하다는 인식 또한, 담씨세가의 이름이 올라가는 데는 큰 도움이 됩니다."

"알겠네. 자네 말도 틀리지는 않으니 일단 긍적적으로 생각해 보도록 하세. 하지만 꽤 많은 자금이 필요할 텐데?"

섭문견이 걱정스러운 표정으로 물었다. 담씨세가의 은광에서 나는 이익은 대부분 절왜관 운영에 투입될 터. 그 외에 따로 돈 나올 구멍이 없는 한, 여기에 쓰일 자금을 만들어야 했다.

"그래서 일부러 부도에 올라온 것입니다."

섭문경의 번뜩하고 아침에 있었던 일이 떠올랐다. 담기령이 유제광과 나눈 이야기를 그 역시 들었던 것이다.

"영녕계?"

"예, 유제광 장계를 만나 이야기해 보려고 합니다."

"허허, 그간 유 장계의 속을 그렇게 태운 이유가 이것이었나?"

"예상한 것은 아닙니다. 그저 급하게 거래를 하는 것보다는 필요할 때 이야기를 나누는 게 좋다고 생각한 것뿐이지요."

섭문경이 저도 모르게 실소를 흘리며 말했다.

"허허, 그 사람 좀 그만 괴롭히게. 하루가 멀다 하고 나를 찾아오는 통에 나도 곤욕이었네."

"걱정 마십시오. 이제 그럴 일은 없을 것입니다."

"자, 이제 책사를 모셔온 보람을 좀 느껴볼까 하는데?"

담기령의 말에 이세신과 유춘이 서로를 쳐다보며 눈빛을 교환했다. 그리고 이세신이 입을 열었다.

"말씀하십시오."

"내통자들을 잡으려면 어떻게 해야 될까?"

"내통자요?"

"왜구들과 내통하는 무리들 말이야."

이세신과 유춘의 얼굴에 동시에 곤혹스러운 표정이 떠올

랐다. 그동안은 별다른 일도 시키지 않고 놓아 두더니, 처음 꺼낸 일이 생각지도 못한 난제다.

"내통자라……."

이세신이 먼저 입을 열었다.

"보이지 않는 곳에서 움직이는 자들이라면, 결국 그물을 쳐놓고 스스로 걸려들기를 기다리는 수밖에 없을 것 같습니다."

"같은 생각이오."

"거짓 정보를 흘리고, 그 정보의 흐름을 추적하면 되지 않겠습니까?"

가만히 생각에 잠겨 있던 유춘이 자신 없는 목소리로 끼어들었다.

"전표, 전표가 어떨까요?"

"음?"

"장사를 하면서 안 건데, 각 전장들은 전표의 위조를 막으려고 자신들만 아는 표식을 해 놓는다고 하더군요. 그러니 각 전장의 해당 전표에 한 가지 표식을 더 해 놓는 겁니다. 언제 누가 바꿔 갔는지 알 수 있게 말입니다."

"그래서 왜구들에게 빼앗긴 전표를 누가 금이나 은으로 바꾸는지 확인하자는 건가?"

"예, 그렇지요."

"자신들의 자금 내역이 고스란히 드러난다는 말인데, 누가 그걸 좋아하겠나? 그런 짓을 전장들이 할 리가 없지."

"그렇군요."

유춘이 풀이 죽은 표정으로 머리를 긁적인다.

"그렇게 기 죽을 것 없네. 내가 원하는 게 그렇게 머릿속에 떠오르는 생각들을 말해주는 거니까."

"아, 알겠습니다."

담기령의 격려에 유춘의 얼굴이 금세 환해진다. 그사이 고민을 마친 이세신이 말했다.

"왜구들은 연안이나 내륙에서 약탈하기도 하지만, 상선들 또한 약탈의 대상입니다. 놈들이 탐낼 만한 여러 종류의 거짓 정보를 만든 후에, 왜구들이 어떤 정보에 반응을 보이는지 확인하는 건 어떻겠습니까?"

"즉, 어떤 곳에 흘린 거짓 정보에 걸리는지를 확인하면, 내통자들의 범위를 좁힐 수 있다는 말이군."

"예, 그렇게 거듭하다 보면 확실한 내통자를 가려낼 수 있지 않겠습니까?"

이번에는 유춘이 고개를 저으며 이세신이 말한 방법에 지적을 했다.

"한두 번이면 몰라도, 여러 번 그렇게 하게 되면 내통자가 오히려 신뢰를 잃게 되잖아요."

"아, 몇 번 반복하면 서로 믿지 못하게 되는 문제가 있겠군. 믿지 못하면 내통자는 더 이상 정보를 팔 수 없게 되

고. 그러면 결국 잡아낼 수 없고……."

"음!"

그때 담기령이 멈칫 하며 손을 들었다. 그 모습에 이세신과 유춘이 동시에 입을 다물고, 담기령의 말을 기다렸다.

"그렇군. 이간질."

"네?"

"목적은 내통자를 잡는 것보다는, 처주부에 더 이상 왜구들과 내통자가 없도록 만드는 거야. 만약 내통자들과 왜구들을 끊임없이 이간질시킨다면?"

"아! 그렇군요. 정보를 파는 자가 신뢰를 잃으면 정보를 팔 수 없고, 그리되면 결국 내통자는 사라지게 되겠군요!"

내통자를 잡는다기 보다는, 내통자가 설 자리를 잃게 만드는 방법이었다. 하지만 결과적으로는 똑같은 효과를 얻게 된다.

담기령이 머릿속으로 잠시 생각을 정리한 후 말했다.

"거짓 정보를 꾸준히 흘려 잡아낼 수 있는 만큼 내통자들을 잡아내는 동시에, 거짓 정보로 정보의 신뢰를 무너트려 버리면 되겠군."

어쨌든 초기에는 어느 정도는 내통자들을 잡아낼 수 있을 것이다. 그리고 시간이 흐를수록 왜구들과 내통자들 사이에서는 신뢰가 사라진다.

나쁘지 않은 방법이었다.

그때 유춘이 애매한 표정으로 말했다.

"하지만 내통자들도 바보가 아닌 이상, 자신들의 정보에 문제가 있다면 신중해지지 않을까요? 일단 입수한 정보를, 직접 눈으로 확인한 후에 알려 준다던지……."

하지만 담기령은 거기에 대해서는 문제가 없다는 듯 간단하게 말했다.

"그건 오늘 유제광 장계를 만나 해결해야지."

담기령이 흡족한 표정으로 이세신과 유춘을 보았다. 너무 평범하지 않은 선에서 의견을 주고받으며 좋은 방법을 이끌어 내는 것. 그것이 담기령이 이들을 책사로 삼은 이유였고, 두 사람은 그 역할을 충실히 해낸 것이다.

물론 앞으로 더 많은 일들을 해야 하겠지만, 일단은 제 구실을 해주고 있는 셈.

담기령이 이세신을 향해 물었다.

"유 장계가 언제 오기로 했지?"

"한 시진쯤 후에 올 것입니다."

"준비를 좀 해주게. 그리고 두 사람."

자리에서 일어서려던 이세신과 유춘이 멈칫하며 담기령을 보았다.

"기명이와 일을 처리할 때도, 이런 식으로 진행해 주게."

"맡겨 주십시오."

"정식으로 인사를 드리겠습니다. 처주무련 절왜관 관주 담기령입니다."

임시 관주였지만, 특별히 그게 중요하지는 않았다. 공식적으로 이야기를 나누는 데 있어서 처주무련의 이름을 건다는 게 중요할 뿐이다.

"크흠, 영녕계 장계인 유제광이오. 참 만나뵙기가 힘든 분이시오."

유제광이 불편한 기색이 가득한 얼굴로 말했다. 어쨌든 아쉬운 쪽은 자신들이기에 초청에 응하기는 했지만, 그동안의 마음고생으로 인해 쌓인 응어리는 쉽게 사라질 성질의 것이 아니었다.

"그동안 계속 초청에 응하지 못해 죄송합니다."

"그 말이 진심인지 모르겠구려."

"이제부터는 그럴 일이 없을 테니, 노여움을 푸시지요."

담기령의 공손한 태도에 유제광도 더는 뻗댈 수 없었다. 어쨌거나 절왜관은 처주부의 상단들에 있어서 아주 큰 영향을 끼치는 시설이었다.

"뭐, 정 그리 말씀하신다면야……."

유제광이 못 이기는 척 고개를 끄덕였다. 상대가 저 정도로 체면을 세워주면 이쪽에서도 적당히 하고 넘어가야 서로 좋게 이야기를 풀어갈 수 있는 법이다.

유제광은 잠시 숨을 가다듬은 후, 한층 누그러진 표정으로 말했다.

“며칠 전에 절왜관에서 난리가 났었다는 이야기는 들었소이다. 큰 피해는 없었소이까?”

“예상보다 피해가 크기는 했었습니다만, 일단은 잘 마무리해 놓았습니다.”

“불행 중 다행이오. 헌데, 절왜관을 짓는데 어려운 점은 없소이까? 허락해 준다면, 영녕계에서 도움을 주고 싶은데…….”

하지만 담기령은 유제광의 말을 일언지하에 거절했다.

“괜찮습니다. 필요한 자금은 충분합니다.”

“그렇소이까?”

유제광이 안타깝다는 표정으로 슬쩍 미간을 찡그린다. 그리고는 다시 말을 이었다.

“실은 그동안 담 소가주께서 만나주지를 않아 우리끼리 이야기를 많이 나누었소이다. 그래서 처주무련에 자금을 좀 지원하는 건 어떨까 얘기를 했었소만…….”

유제광이 말끝을 흐렸다. 방금 전 거절한 내용이라 강권할 수는 없었기에 슬쩍 한 번 떠보는 것이다.

그 모습을 본 담기령이 티 나지 않게 피식 미소를 지었다. 그동안 초청에 응하지 않고 애가 닳게 만든 효과가 나오는 것 같아 묘하게 뿌듯한 기분이었다.

“자금이 아닌 다른 도움을 좀 받았으면 합니다.”

"다른 도움이라?"

"예, 절왜관을 짓는 것과 같은 목적으로 진행하고 싶은 일이 있는데 처주무련만으로는 조금 벅찬 감이 있는지라……."

"허허, 말씀만 하시오. 도울 길이 있다면 뭐든지."

호언장담하는 유제광의 모습에 담기령이 조용히 대답했다.

"각 현마다 상선 두 척씩을 지원해 주십시오."

"상선? 그것도 현 단위로?"

현 하나에 두 척의 상선이라면, 처주부에 총 아홉 개의 현이 있으니 모두 열여덟 척이 된다.

"예, 언제든 원할 때 운항이 가능한 상선으로 두 척씩이 필요합니다."

유제광의 눈빛이 변했다. 담기령이 원하는 것이 단순히 배를 달라는 것이 아니기 때문이다.

"그 말은…… 각 상단에서 따로 운영을?"

"예, 배의 운용과 관련된 모든 비용을 각 상단에서 책임져 주십시오."

"흐음!"

잠시 생각을 정리한 유제광이 물었다.

"배의 용도를 알 수 있겠소?"

"왜구들에게 거짓 정보를 흘려 함정을 파는 동시에, 왜구들과 내통하는 놈들을 발본색원하기 위해서입니다."

유제광이 고개를 갸웃거렸다. 별다른 설명이 없으니 이해가 힘들다.

"각 상선을 출항시키면서 거짓 정보를 흘릴 겁니다. 하나의 현이라 해도, 마을이나 정보의 발원지가 되는 곳마다 다른 정보를 흘릴 생각입니다. 그래서 어떤 거짓 정보에 왜구들이 반응하는지 확인해서 내통자들의 범위를 좁혀갈 생각입니다."

"하지만 그럴 경우 상선이 남아나겠소?"

"상선에는 화물이 아닌, 무인들을 태울 예정입니다. 왜구들을 잡지는 못해도, 상선을 지킬 정도는 될 것입니다. 그렇게 같은 일을 계속 반복하는 것입니다."

유제광이 천천히 고개를 끄덕였다. 꾸준히 한다면 왜구들을 어느 정도 막는 동시에, 내통자들을 잡아내거나 줄일 수 있는 효과가 있을 것이다.

하지만 상선 하나를 운영하는 것은 생각보다 많은 돈이 든다. 화물이나 사람을 실어나르지도 못하는데, 계속해서 선부를 고용하면 지속적으로 적자를 감수해야 한다는 뜻이었다.

"기한은?"

"내통자들이 없어질 때까지로 정하면 좋겠습니다만, 그런 조건은 받아들이지 않으시겠지요?"

담기령이 농담처럼 툭 던지는 말에 유제광의 눈썹이 파

르르 떨렸다. 자신을 놀리는 듯해, 몇 번이나 초청을 거절했던 일이 다시금 떠오른 탓이다.

"사실 저 역시 그 부분에 대해서 기한을 정하기가 힘듭니다. 하지만 확정해 놓지 않으면 영녕계에서도 받아들이지는 않으시리라 생각합니다."

"물론이오."

"또한, 저희가 내어드릴 것도 있어야겠지요?"

유제광이 고개를 끄덕였다. 서로 주고받는 것이 없다면 굳이 만나서 이야기를 나눌 필요도 없었다.

"이렇게 하시지요."

"말해보시오."

"절왜관 공사가 끝나는 순간부터, 이번 일에 지원해 준 상단들에 한해서 통행세를 면제해 드리겠습니다."

"음!"

유제광이 그럴 줄 알았다는 표정으로 고개를 끄덕였다. 절왜관에서 통행세를 받을 것이라는 짐작을 하고 있었기에 크게 놀라지 않은 것이다.

담기령이 말을 이었다.

"그리고 각 상단에서 상선들을 운용하는 기한은, 절왜관 공사가 끝난 후부터 일 년으로 하고, 기한이 지난 후 각 상선들을 처주무련으로 양도해 주는 조건이라면 어떻겠습니까?"

"처주무련에서는 손해가 되지는 않겠소?"

"아닙니다. 서로 손해 보는 것은 없습니다."

절왜관에서 통행세를 받을 수 있는 기한이 일 년이라는 말은 굳이 꺼내지 않았다. 일 년 만이라 해도 통행세를 내지 않는다는 것은 꽤 크기 때문이다. 더군다나 절왜관 덕분에 처주부 내에서는 상단이 이전보다 더 활발하게 장사할 수 있게 된다. 그런 이득이 있으니, 굳이 지금 말을 하지 않는다 해도 문제 될 것은 없다고 판단한 것이었다.

"그 대신 단서를 하나 붙이겠습니다."

"단서?"

"절왜관에서 통행세를 받을 것이라는 사실을, 절왜관 공사가 끝날 때까지 함구해 주십시오."

유제광이 고개를 갸웃거렸다.

"영녕계 내부적으로는 이미 그렇지 않을까 짐작을 하고 있소이다. 그런데 굳이 비밀로 부칠 필요가 있소이까?"

"상단이 아닌, 처주무련과 다른 방파들 사이의 문제 때문입니다. 그러니 추측이라 해도 가능하면 말이 새어 나가지 않도록 해 주십시오."

"알겠소. 그럼 당장 계약서를 작성하시려오?"

담기령이 고개를 저었다.

"아직 이야기할 것이 남았습니다."

"아직?"

“상단의 물건에는 통행세를 받지 않습니다. 하지만 처주무련 소속이 아닌 다른 방파에서 운영하는 표국의 경우, 그 표국의 통행세는 징수할 것입니다.”

“처주무련을 통해서만 물건을 운송하란 말이오?”

“영녕계 내에서도, 상선을 지원하지 않는 상단이 있을 것이라 생각합니다. 그 상단의 물건에는 분명하게 통행세를 징수할 예정입니다. 다시 말해, 상선을 지원하고 처주무련에 속해 있는 표국을 이용할 경우 통행세는 한 푼도 들지 않을 거라는 말입니다.”

유제광이 날카로운 눈으로 담기령을 노려보며 물었다.

“혹시 처주무련 소속이 아닌 방파는 고사시키려는 게요?”

“그렇게 생각하실 수도 있지만, 정확하게는 아닙니다. 그들에게 처주무련에 동참할 것을 종용하는 것입니다.”

“똑같은 말인 것 같은데?”

“전혀 다릅니다. 각 방파가 존속을 유지할 수 있게 하는 것은 큰 차이입니다.”

“그렇다면, 미리 통행세에 대해 말을 하면 간단하게 끝나는 일이 아니오?”

“그들은 애초에 처주무련 결성에 반대하거나, 저희 세가의 요청을 무시했던 자들입니다. 이미 한 번, 처주부 내의 연대에서 등을 돌렸던 자들입니다. 그런 이들에게 우리가 억지로 들어와 달라고 사정할 필요는 없습니다."

"무슨 말인지 알겠소. 자, 그럼 이제 계약서를 작성하면 되겠소?"

"예, 그렇게 하시지요."

10장

숨어 있던 적

"복 받으실 겁니다!"

처주부 부도 저잣거리에 쩌렁쩌렁한 외침이 울려 퍼졌다. 거지 하나가 함박웃음을 지으며 묵직해진 동냥자루의 주둥이를 질끈 묶었다.

그리고 뭐라고 콧노래를 흥얼거리며 휘적휘적 큰길을 따라 걷는다. 방금 얻은 돈이면 충분한 것인지 더 이상 구걸도 하지 않는다.

그러다 인적이 드문 골목으로 들어가 메고 있던 동냥자루를 열어 안에서 무언가를 꺼내 들었다. 거지의 동냥자루에서 나올 리가 없는 작게 뭉친 고환이었다.

하지만 동냥했던 돈에 어쩌다 섞인 물건이 아닌 듯, 거지는 고환을 다시 동냥자루 안에 넣고는 휘적휘적 걸었다.

입으로 연화락 한 자락을 흥얼거리며 다시 사람 많은 길을 따라 걷는다. 가끔 발을 멈추고 좌판에서 파는 물건을 구경하기도 하고, 흥정하는 사람들을 힐끔거리기도 했다. 하지만 여전히 구걸을 하지는 않는다.

그렇게 한참을 걷던 거지가 도착한 곳은 저잣거리 끄트머리에 있는 작은 약재상.

"주인 어른!"

거지의 외침에 문이 열리고 약재상 주인으로 보이는 노인이 보였다.

"아침부터 재수 없게 웬 거지야! 훠이! 저리 가, 이놈아!"

"아, 거 짜증나게 왜 이래? 나 여기 팔 거 있어서 온 거야!"

"헛소리하지 마라, 이놈아! 지난번에 네놈이 가져온 게 알고 보니 썩었다고!"

"일단 물건부터 봐!"

"필요 없다!"

"나 여기서 확 드러눕는 수가 있다! 오늘 송장 한 번 치를까?"

거지는 자신의 말이 거짓이 아니라는 걸 증명이라도 하려는 듯, 길 구석에 떨어진 큼직한 돌멩이를 집어 들었다.

"이, 이놈이!"

제 머리를 찧고 드러눕는 것은 거지들이 돈을 뜯어내는

방법 중 하나.

"아, 알았다. 일단 꺼내 봐라!"

노인의 말에 거지가 동냥자루를 열어 안에서 불쑥 뭔가를 꺼냈다.

"음?"

노인이 의외라는 표정으로 거지의 손에 들린 약초를 받아 들었다.

동시에 약초 틈에 끼어 있는 작은 고환을 확인한 노인이 슬쩍 주변을 살피더니 품에서 구리 돈 몇 문을 꺼냈다.

"옜다!"

"크흐흐, 다음에 또 올 거유!"

거지가 다시 휘적휘적 걸어 사라진 것을 확인한 노인이 재빨리 점포 안으로 들어갔다. 그리고 약초 사이에 끼어 있던 고환을 으깼다.

고환 안에서 나온 것은 작게 뭉친 한 장의 종잇조각. 노인은 날카로운 눈빛으로 종잇조각을 살폈다.

"조세선이 움직입니다."

깊은 밤, 작은 마을 밖 관제묘 뒤에서 두 개의 그림자가 일렁거렸다. 둘 다 복면을 뒤집어쓴 모습이었다. 한 명은 큰 키에 기골이 장대하고, 다른 한쪽은 왜소한 체격에 허리가 구부정하다.

"사실인가?"

"예, 습격을 염려해 일반 상선으로 위장해 이동할 거라 합니다. 호위선 또한 상선으로 위장해서 움직인답니다."

"날짜는?"

"닷새 후, 처주부를 출발합니다."

"지난번에 준 정보가 허탕이었다는 건 기억하고 있을 테지? 그 탓에 서른 명이나 목숨을 잃었어."

"이번에는 확실합니다."

"한 번 만 더 믿어보지."

고개를 끄덕인 큰 키의 사내의 신형이 갑자기 흐릿해지더니 이내 그 자리에서 모습을 감추었다. 그리고 방금까지 사내가 서 있던 자리에는 금자 한 덩이가 덩그러니 떨어져 있었다.

"크흐흐, 이러니 이 일을 그만둘 수 없다니까!"

구부정한 허리를 가진 복면인이 웃음을 흘리며 금자를 집어 들었다. 그리고 금자를 품속에 밀어 넣고는 뒤집어쓰고 있던 복면을 벗었다.

때마침 내려앉은 달빛에 드러난 얼굴은, 아침 일찍 거지에게 약초를 샀던 약재상 노인의 얼굴이었다.

"이번에도 걸려든다면……."

낡고 헤진 옷에 머리에는 끈을 질끈 동여맨 차림으로 갑판에 주저앉아 밧줄을 정리하던 사내가 나지막이 중얼거렸다. 상선의 선부로 변복한 담기령이었다.

철썩, 쏴아!

강 하구를 벗어나 바다로 들어선 탓에 배가 한층 사납게 요동을 친다.

"하아, 그러면 정말 큰 문제가 되겠군요."

대답을 한 이는, 담기령처럼 선부로 변복을 하고 있는 윤명산이었다.

그때였다.

땡땡땡!

갑자기 요란한 종소리가 울렸다.

"돛을 펴시오!"

선장의 외침과 동시에 담기령과 윤명산이 재빨리 몸을 날려 한쪽에 묶어 놓은 밧줄을 풀었다.

반 정도만 펼쳐져 있던 돛이 활짝 펼쳐지며 터질 듯 부풀어 오르더니 한껏 바람을 끌어안는다.

"어느 쪽입니까?"

선장에게 다가간 담기령의 물음에, 선장이 선미 쪽을 가리키며 외쳤다.

"우측후방이오!"

"알겠습니다. 어서 피하십시오!"

담기령의 외침에 선장이 흔들리는 갑판 위를 달려 선실 안으로 뛰어들어 갔다. 다른 선부들도 선장의 뒤를 따라 들어가고, 안에서는 선부의 복장을 한 이들이 재빨리 뛰어나왔다. 한껏 몸을 낮춘 채, 갑판의 난간 아래로 병장기를 가리고 움직이는 이들은, 선부로 변복한 처주무련의 무인들이었다.

담기령의 눈이 선장이 말한 오른쪽 뒤를 살폈다. 수십 개의 노를 단 세 대의 안택선이 빠르게 다가오고 있었다.

처주무련은 내륙의 내통자를 색출하기 위해 절왜관 공사를 시작한 지 두 달이 지난 후부터 거짓 정보를 흘리기 시작했다. 영녕계에서 상선을 준비하는 데 시간이 걸리기도 했고, 무인들이 선상 전투에 적응하는 데도 시간이 필요한 탓이었다. 그리고 그 작업을 시작한 지도 한 달이 지나 이제 완연한 겨울 날씨로 접어들고 있었다.

영녕계를 통해 꾸준히 거짓 정보를 흘리고, 그것을 통해 내통자들을 역으로 추적해 가던 중 얼마 전 꽤 큰 정보를 흘렸었다.

절강 승선포정사사가 있는 항주부로 조세선이 출발한다는 내용. 그리고 그 내용을 사실로 만들기 위해 다섯 대의 상선을 출발시킨 터였다.

그중 담기령과 담씨세가 무인들이 타고 있는 배는, 다섯 대의 배 중에서도 가장 마지막 배.

뱃머리 쪽으로 고개를 돌려 앞서 가고 있는 배들을 살폈다. 다른 배에는 역시나 처주무련 소속의 다른 방파들 무인들이 몸을 숨기고 있었다.

아무리 돛을 활짝 펼쳤다 해도 돛에 수십 개의 노를 젓고 있는 안택선을 따돌리기는 무리인 상황.

세 대의 안택선과 담기령이 타고 있는 배 사이의 거리가 빠르게 줄어든다.

"모두 준비하라!"

담기령의 외침에 선실과 화물칸 쪽의 문이 살짝 열리며, 안에서 대기하고 있는 나머지 무인들의 모습이 슬쩍 보였다.

그리고 마침내 거대한 안택선이 담기령이 타고 있는 배를 지나, 네 번째 상선과 뱃머리를 나란히 했다.

휘리릭, 탁!

갈고리를 단 밧줄들이 허공을 날더니, 네 번째 상선의 난간에 걸린다. 동시에 상선이 크게 기우뚱하며 그대로 안택선을 향해 끌려갔다.

쿠웅!

두 배의 옆면이 부딪치는 순간, 안택선 쪽에서 왜구들이 몸을 날려 상선으로 뛰어들었다.

물론 상선의 갑판에서는 병장기를 든 처주무련의 무인들이 뛰쳐나오고 있었다.

그것을 확인한 순간, 담기령이 벌떡 일어서며 외쳤다.

"던져!"

담기령의 외침에 미리 나와 있던 무인들이 우르르 갑판 위를 달렸다. 그들의 손에 들린 것은, 왜구들이 사용한 것과 같은 갈고리가 달린 밧줄들.

갈고리들이 허공을 날아, 안택선의 선미 쪽 난간에 걸렸다. 갈고리의 밧줄들이 팽팽해지는 순간, 담기령이 탄 배가 안택선을 향해 끌려가듯이 거리를 좁혔다.

"속았다!"

중안의 안택선에 타고 있던 왜구의 우두머리가 잔뜩 인상을 쓰며 외쳤다.

그렇지 않아도 최근 거짓 정보가 많아 불안해하던 참이었다. 그런데 이번에도 거짓으로 흘린 정보였던 모양이다.

그나마 이번에는 혹시나 하는 생각에 철저히 준비를 하고 온 상황이었다. 하지만 역시나 싸우지 않고 빠지는 것이 최선.

"밧줄을 잘라라!"

상선으로 뛰어내린 수하들을 잃게 생겼지만 어쩔 수 없었다. 상선의 갑판에 모습을 드러낸 무인들은 처주무련의 무인들이 분명했다. 저들을 상대하려 했다가는 괜히 이쪽만 골치 아플 뿐이다.

하지만 그의 명령은 제대로 실행되지 못했다.

쉭, 쉬익!

수십 개의 화살이 허공을 갈랐다.

"으악!"

밧줄을 자르기 위해 칼을 들었던 왜구들 순식간에 고슴도치가 된 채 수면을 향해 곤두박질친다.

동시에 상선 쪽에서 무인들이 안택선의 갑판 위로 넘어오고 있었다. 이렇게 된 이상 싸우는 수밖에 없었다.

"쳐라!"

"크아아악!"

사방으로 피가 뿌려졌다.

"앞으로 나서지 말고 천천히 움직여야 하오!"

백무결이 큰소리로 외치며 정면에 있는 왜구의 가슴에 서하검을 찔러 넣었다.

츄악!

장검을 뽑는 순간 핏줄기가 뿜어진다. 하지만 백무결은 굳이 피할 생각이 없는 듯 붉은 피를 그대로 뒤집어썼다.

백무결의 좌우로 스무 명의 무인이 각양각색의 병장기를 휘두르며 열을 맞추고 있었다.

검협 백운서의 제자가 절왜관을 돕고 있다는 소문이 퍼지면서 각지에서 모여든 젊은 무인들이었다.

검협이라는 이름이 가진 힘은 생각보다 대단한 덕분에, 담기령의 예상보다도 훨씬 빨리 무인들이 모인 것이다.

백무결은 서하검을 휘두르는 중에도 수시로 좌우를 살피며 함께 온 무인들과 보조를 맞췄다. 왜구들과 싸우던 초반에, 젊은 혈기로 앞서 나갔던 무인들을 열 명 가까이 잃었기에 최대한 조심을 하는 것이었다.

쿠웅!

한 걸음 앞으로 내디딜 때마다 일부러 큰소리를 울리며 천천히 전진한다. 서로 보조를 맞추기 위해 미리 약속한 행동이었다.

쿠웅!

"크아악!"

발소리가 한 번 울릴 때마다 왜구들이 비명을 내지르며 사방으로 튕겨 나갔다.

"뒤쪽으로 왔다!"

누군가의 외침에 오채귀는 급히 발을 멈췄다.

그가 이 배에 탄 지도 벌써 반년이었다. 이제 어지간한 왜어는 알아들을 정도로 왜어를 익힌 상황이었다.

"뒤쪽 놈들을 막아라!"

오채귀의 외침에 싸울 준비를 하고 있던 왜구들이 급히 방향을 틀었다.

가장 먼저 뒤쪽으로 달려간 오채귀의 눈에, 갑판에 올라선 칼을 든 무인들의 모습이 들어왔다.

"후읍!"

오채귀는 급히 호흡을 고르며 몸을 날렸다. 단전에서 튕기듯 솟구친 공력이 경맥을 타고 흐르며 손에 든 귀두도의 도신이 붉게 물들었다.

거미줄처럼 도신을 감싸고 있는 붉은빛의 실타래들.

때마침 한 놈이 오채귀를 향해 달려오고 있었다. 선부로 변복을 한, 이상하게 옷이 부풀어 올라 있는 놈.

쑤아아아!

오채귀의 귀두도가 세찬 바람을 끌어안았다.

"큭!"

동시에 오채귀의 입가에 비릿한 웃음이 걸렸다. 이 미친 놈이 귀두도의 궤적 안으로 자신의 팔을 밀어넣는 것이다. 잠시 후면, 팔뚝 하나가 피를 흩뿌리며 갑판을 뒹굴 것이다.

까앙!

"흡!"

생각지도 못한 소음과 어깨를 두드리는 강렬한 반발력에 오채귀의 얼굴이 경악으로 물들었다.

말도 안 되는 일이었다. 도삭을 일으킨 칼을 휘둘렀는데, 아무리 옷 안에 뭔가가 있다 해도 잘리지 않을 리가 없지 않은가.

하지만 오채귀의 생각은 이어지지 않았다.

반탄력으로 인해 칼이 튕겨 나가고, 그 힘을 이기지 못해 활짝 열린 오른쪽 품 안으로 문제의 미친놈이 뛰어든 것이었다.

빠아악!

가슴을 두드리는 뻐근한 충격에 그대로 정신을 잃은 오채귀의 몸뚱이가 출렁이는 바다 속으로 빨려 들어갔다.

"하앗!"

오채귀의 몸뚱이를 날려 버린 담기령이 급히 바닥을 박차며 몸을 날렸다. 아직 중심을 잡지 못한 담씨세가 무인들을 향해 달려드는 왜구들의 뒤통수로 창월에 맺힌 푸른 도삭이 작렬했다.

왜구들의 비명이 난무하는 사이, 윤명산을 비롯한 담씨세가 무인들이 갑판 위로 올라 중심을 잡는다.

"돌격!"

담기령이 큰소리로 외치며 갑판의 중앙을 향해 달렸다. 왜구들이 옆에서 올라오는 무인들에게 정신이 팔린 사이 몰아붙이는 것이 가장 효과적이었다.

"헉!"

갑판 중앙에 도착한 담기령이 당혹스러운 표정으로 헛바람을 들이켰다. 안택선의 갑판 위에 처주무련 무인들의 시체가 나뒹굴고 있었다. 네 번째 배에 타고 있던 진가장 무

인들의 시체였다.

그리고 이쪽으로 넘어오는 무인들을 베어 내고 있는 것은, 중원의 복색을 한 자들.

"윤 향주, 놈들의 측면을 치시오!"

담기령이 외침과 동시에 튕기듯 몸을 날렸다. 반사적으로 담기령 쪽으로 시선을 돌리던 윤명산이 반사적으로 외쳤다.

"설마, 무산칠마?"

일곱 명의 중원인들이 들고 있는 병장기는 그 이름을 떠올릴 수밖에 없는 것들이었다. 절강성 북서부의 영파부에서 악명을 떨쳤던 한 무리의 마두들이다. 이 년 전에 홀연히 사라졌다고 들었는데, 여기서 나타날 줄이야.

하지만 담기령은 윤명산의 당혹스러운 반응에도 아랑곳하지 않고 그대로 몸을 날리고 있었다.

'어떡하지?'

윤명산은 갈등할 수밖에 없었다. 수하들을 이끌고 소가주를 도울 것인가, 아니면 방금 들은 명령을 이행할 것인가.

소가주를 돕는다면 수하들이 아주 큰 피해를 입을 것이고, 명령을 이행한다면 소가주가 위험해지는 상황이었다.

심각한 갈등에 고민하던 윤명산은 급히 결정을 내렸다.

"돌격!"

보통의 무림 세가라면 소가주를 보호하기 위해 움직이는 것이 당연한 일. 하지만 처주부의 무림 세력들은, 오랫동안

겪은 왜구들과의 싸움 탓에 거의 군대와 비슷한 성격의 조직이었다. 그렇기에 명령을 우선시할 수밖에 없었다.

"하아앗!"

우렁찬 기합과 함께 쌍도를 든 청이문이 비조처럼 허공을 날았다. 뒤이어 이석약을 비롯한 명도문 제자들이 거친 기세로 안택선의 갑판 위에 올라선다.

"위치를 고수하라!"

청이문의 외침에 따라 명도문 제자들이 양손의 일월쌍도로 전신을 보호한 채 자신의 위치를 잡았다. 다수 대 다수의 싸움에서는, 충실하게 대열을 유지하는 것만으로도 웬만큼의 위력을 낼 수 있는 법.

명도문 제자 마흔 명이 순식간에 대열을 만들어 냈다. 갑판의 난간을 뒤로하고 세 겹의 반원이 만들어졌다. 견고한 방원진의 일종.

어차피 둘 중 하나가 전멸해야만 마무리되는 전투이니 만큼, 방어에 충실하면서 상대하는 쪽이 낫다는 판단이었다.

그때 청이문의 귓전으로 알아들을 수 있는 말소리가 들렸다.

"낄낄, 죽을 자리를 알아서 찾아오는구나!"

유창한 한어. 시선을 돌리던 청이문의 표정이 돌변했다.

"네놈들은!"

"크흐흐, 너무 뻔한 말이지만, 원수는 외나무다리에서 만나는 법이지. 오늘 먼저 간 형제들의 원한을 오늘 갚아주마!"

청이문은 물론 명도문의 모든 제자들이 알고 있는 얼굴이었다. 오 년 전 청전현에서 명도문과 대립했던 흑사방 방주 고두천을 비롯한 흑사방 방도들이었다.

당시 명도문에 궤멸에 가까운 피해를 입고 행적이 묘연해졌었는데, 왜구들 틈에 끼어 있을 줄이야.

청이문이 허공을 향해 쌍도를 크게 휘두르며 외쳤다.

"네놈들이야말로 오늘 씨를 말려주마!"

"그깟 갑주를 믿고 덤비는 게냐?"

"크흐흐, 보통 물건은 아닌 듯 보인다만……."

"그게 네 목을 붙어 있게 해주지는 않을 것이다!"

사방에서 조소를 머금은 외침이 들려왔다. 담기령은 애써 차분한 표정으로 사방을 살폈다. 하지만 눈빛에는 조금 당혹스러운 표정이 떠올라 있었다.

'이런 자들이 배에 타고 있다는 것은, 놈들도 이런 상황을 대비했다는 뜻인가?'

상대는 모두 일곱, 하나 같이 흔치 않은 형태의 기형검을 들고 있었다. 일반적인 장검보다 절반 정도 길이인데 검신의 폭은 두 배 정도 넓은, 일종의 중검(中劍).

무공 또한 만만치 않았다. 담기령이 흑야 위에 덧입고 있던 선부의 옷이 갈가리 찢겨 나가 넝마가 되었다는 것이 그러한 사실을 여실히 보여주고 있었다.

이들 일곱의 정체는, 윤명산이 예상한 대로 무산칠마였다. 모두 한 스승 밑에서 배운 사형제들이었는데, 무산을 근거지로 하고 영파부 곳곳에서 악행을 일삼던 자들이었다.

담기령은 차분하게 호흡을 고르며 생각을 정리했다.

'아직 팔황불괘공을 드러내지는 않았으니, 의표를 찌르는 수밖에…….'

담기령은 첫 격돌에서 심상치 않은 기운을 느끼고 상대의 수준을 확인하기 위해 최소한의 방어만 했었다. 그 덕분에 무산칠마는 아직 담기령의 무공에 대해서 파악하지 못한 상태였다.

"흐아앗!"

일곱 사형제 중 셋째인 삼마가 기합과 함께 몸을 날렸다. 동시에 다른 여섯 명이 함께 몸을 움직였다. 앞으로 나서거나 뒤로 물러서거나 혹은 좌우로 걸음을 옮긴다.

일곱 명이 마치 한 명처럼 유기적으로 완벽하게 맞물려 움직이는 합격술. 처음 담기령이 심상찮음을 느낀 이유도 바로 여기에 있었다.

세 방향에서 날카로운 기운이 날아들었다. 동시에 담기령 또한 앞으로 나섰다. 날아드는 세 자루 검에 휩싸여 있는 것은 바로 검삭.

쭉 뻗은 담기령의 오른손이 정면의 검날을 붙들어 그대로 끌어당겼다.

카칵!

“헛!”

삼마의 입에서 당혹성이 터져 나왔다. 아무리 쇠로 만든 수투를 손에 끼고 있다 해도, 검삭이 깃든 검이었다. 그런데 오히려 검을 든 자신의 손에 강렬한 충격이 전해져 온다.

동시에 칼날을 잡아당기는 힘에 그대로 온몸이 끌려가는가 싶은 순간, 검을 두드리는 두 번의 충격이 오른팔의 관절을 두드렸다.

“끄윽!”

세 줄기 신음이 튀어나왔다. 담기령을 향해 검을 뻗었던 세 사람의 검이 한데 엉켜 있는 것이다.

“피, 피해!”

생각지도 못한 상황에 당황해하는 찰나, 삼마의 귓전으로 첫째인 일마의 경고성이 울렸다. 하지만 경고하는 순간은 이미 늦은 때.

슈우욱!

갑자기 발치에서부터 푸른 궤적이 삼마의 턱으로 솟구쳤다.

스걱!

섬뜩한 소음과 동시에 푸른 궤적이 삼마의 얼굴을 세로로 쪼갤 듯 가른다.

"삼제!"

일마가 경악에 찬 외침을 터트렸다. 자신들의 합격술이 이렇게 허무하게 무너진 일은 단 한 번도 없던 상황.

하지만 당황만 하고 있기에는 상황이 너무 급박했다.

"크헉!"

신음이 터지며 칠마가 제 목을 부여잡고 비틀거린다.

"죽어라!"

두 사제의 죽음을 목격한 일마가 눈이 뒤집혀 그대로 담기령을 향해 달려들었다.

"흡!"

담기령의 얼굴에도 당혹성이 떠올랐다. 일마의 검신에서 이글거리듯 솟구쳐 있는 것은 다름 아닌 검강.

일마의 중검이, 검신을 파르르 떨며 기묘한 울음을 터트린다. 동시에 싸늘하면서도 화끈한 기운이 담기령의 목을 향해 날아들었다.

담기령이 신음을 내뱉으며 황급히 바닥을 굴렀다.

스아악!

아슬아슬하게 투구 위를 스치는 검강.

재빨리 몸을 일으킨 담기령이 두 눈을 가늘게 좁히며 슬쩍 뒷걸음질 쳤다. 하지만 일마는 담기령이 주춤거리는 찰나를 놓칠 생각이 없었다.

일마가 과격하게 보법을 밟으며 검초를 뿌렸다. 검신의

줄어든 길이가 쾌속함을 더하고, 넓어진 폭이 파괴력을 올렸다. 손에 들린 중검에 더할 나위 없이 최적화된 검술.

눈 깜짝할 사이 펼쳐진 다섯 번의 검격.

차차차창!

요란한 금속성이 울리고, 담기령의 몸뚱이가 튕기듯 주르륵 뒤로 밀려 날아갔다.

일마의 입가에 비릿한 미소가 떠올랐다.

"죽어라!"

한껏 기세가 오른 일마가 대갈일성을 터트리며 땅을 박찼다. 차라리 잘됐다 싶다. 그렇지 않아도, 선단들이 연합으로 절왜관을 치자는 이야기가 나오는 상황이었다. 이럴 때 절왜관의 전력을 약화시켜 놓는 것도 좋을 것 같았다.

우우웅!

일마의 중검이 한가득 바람을 머금고 공간을 짓이길 듯 어마어마한 압력이 휘몰아쳤다.

"흡!"

상체를 한껏 앞으로 기울인 채 몸을 날리던 일마가 갑자기 두 눈을 부릅떴다.

뒤로 밀려 날아갔던 담기령이 어느새 자세를 고치고 몸을 튕기고 있었던 것이다.

'이런!'

힘에 밀려 날아갔다면 저렇게 빨리 충격을 해소할 수 없었을 것이다. 분명 스스로 몸을 튕겨 뒤로 물러나 충격을 거의 받지 않은 것이 분명했다.

'분명 감촉이 있었는데?'

아직 확실하게 담기령의 팔황불괘공을 겪지 않은 일마였기에, 자신이 받은 반발력에 대해 오해할 수밖에 없었던 것이다.

"끝이다!"

일갈을 터트리며 중검의 검강이 더욱 강력한 압력을 뿜어낸다.

그아앙!

두 사람 사이의 공간이 순식간에 사라지고, 사나운 파도 소리 사이로 굉음이 터져 나갔다.

"큭!"

일마가 두 눈을 부릅뜨며 자신의 중검을 노려본다. 정확하게는 힘을 이기지 못해 위로 튕겨 올라간 자신의 오른손으로 향한 불신 가득한 시선.

'이, 이럴 수가!'

검강으로 이글거리는 중검이 담기령의 목을 가르려던 순간이었다.

갑자기 창월이 불쑥 그 길을 가로막았다. 물론, 신경 쓰지 않았다. 도삭 정도로 검강을 막아 낼 수 없다는 것이 무림의 상식.

하지만 그 상식이 깨어졌다. 담기령이 자신의 팔뚝에 창월의 옆면을 대고 일마의 검강을 막아 낸 것이었다.

정확하게는 창월까지 동원한 팔황불괘공의 중첩이었다. 창월의 도신으로 검격의 타점을 비틀고, 그 직후 팔뚝과 창월로 한꺼번에 중검을 튕겨 올린 것이다.

"이런 미친……."

피를 토하며 뭐라고 중얼거리지만, 그 말이 채 끝나기도 전에 일마의 몸뚱이가 그대로 넘어갔다.

"대사형!"

"저, 저놈이!"

무산칠마의 남은 사형제들이 경악과 불신, 두려움이 한데 뒤섞인 목소리로 외쳤다.

하지만 담기령은 이미 그들을 향해 몸을 날리고 있었다.

가장 선두에 있던 안택선의 갑판. 중앙에 뚜렷한 경계선을 중심으로 선수 쪽 절반이 붉게 물들어 있었다.

주르륵!

파도에 의한 배의 출렁임에 따라, 마치 거대한 안택선이 피를 흘리기라도 하듯 선체를 타고 붉은 피가 흘러내렸다.

그 갑판의 경계선 위에 서 있는 것은, 백무결을 위시한 젊은 무인들의 대열. 그들 뒤로는 발 디딜 틈도 없을 정도로 빼곡하게 시체가 쌓여 있었다.

물론 백무결과 무인들 또한 멀쩡하지는 않았다. 왜구들

의 피를 뒤집어쓴 탓에 티가 나지는 않았지만, 모두들 온몸에 크고 작은 부상을 입고 있었다.

하지만 누구 하나 지친 기색은 보이지 않는다. 오히려 한층 기운이 솟구치는 듯, 이글거리는 눈빛으로 정면의 왜구들을 노려본다.

오히려 왜구들이 주춤거리며 잔뜩 기가 눌린 채 어깨를 떨고 있다.

겨우 스무 명 남짓한 인원으로 오십여 명을 도륙하고, 백여 명을 기세만으로 밀어내고 있는 상황.

쿠웅!

한 걸음. 거센 발구름과 동시에 왜구들이 황급히 뒷걸음질을 친다. 그 순간 백무결이 외쳤다.

"쳐라!"

그리고 갑판 전체가 붉게 물들었다.

"오, 오지 마!"

"저리 가라, 이 악귀들!"

왜구들이 초점을 잃은 눈동자로 정면을 보며 기겁한 목소리로 외친다.

그런 왜구들의 정면에는 피로 물든 검은 갑옷을 입은 담기령과 담씨세가 무인들이 칼을 든 채 대열을 유지하고 있었다.

그리고 담씨세가 무인들 뒤쪽으로, 몰살당한 무산칠마와 왜구들, 그리고 왜구에 가담한 중원 무인들의 시체가 나뒹굴고 있었다.

저벅!

쉰 명이나 되는 무인들이 움직이는데 소리는 오직 한 번이다. 그리 크지는 않지만 묵직한 오십여 개의 발소리에 왜구들이 몸서리를 치며 우르르 뒤로 물러섰다.

완전히 압도된 선상. 왜구들 중 누구 하나 앞으로 나서는 이가 없었다.

"으, 으아악!"

그러던 중 왜구 하나가 공포에 질린 표정으로 바다를 향해 몸을 날렸다.

풍덩!

물기둥이 솟구쳤지만, 이내 거센 파도에 집어삼켜진다. 하지만 뛰어들었던 왜구가 금세 수면 위로 튀어 올라와 육지를 향해 정신없이 헤엄치기 시작했다.

명의 배들은 해금령에 의해 해안선에서 멀리 나갈 수 없었다. 조세선이라 해도 해안선을 따라 움직여야 했다.

다시 말해, 지금 떠 있는 해상은 육지와 그리 멀지 않은 곳. 물때는 때마침 밀물. 파도만 잘 타면 육지까지 가는 것은 어렵지 않았다.

'차라리 달아나는 게…….'

모두의 머릿속에 똑같은 생각이 떠오르는 찰나.
저벅!
다시 한 걸음 앞으로 내딛는다.
겁에 질린 비명과 함께 이번에는 다섯 명의 왜구가 바다로 뛰어들었다.
하지만 이번에는 운이 좋지 않았는지, 두 명의 왜구가 다시 수면 위로 올라오지 못하고 그대로 가라앉는다.
저벅!
"흐이잇!"
다시 열 명의 왜구가 뛰어들고, 그 후로 모든 왜구들이 한꺼번에 바다로 뛰어들었다.
"쫓지 말고 배를 장악하라!"
갑판 위의 모든 왜구들이 겁에 질려 달아난 것을 확인한 담기령이, 세가의 무인들을 향해 외쳤다.
그렇게 열여덟 척으로 시작했던 처주무련의 배는, 왜구들에게 빼앗은 네 척의 안택선과 세 척의 관선을 합해 스물다섯 척으로 늘어났다.

쏴아, 철썩!
낮게 너울대며 밀려온 파도가 뱃전을 때리고 흩어진다.
바람도 없고 파도마저 낮은 고요한 바다 위에 여덟 척의 배가 닻을 내린 채 머물고 있었다. 하지만 정작 배의 갑판

위는 하나같이 정신이 없다.

"그놈들 화물칸으로 다 밀어 넣으라고!"

"여기 사람 부족하잖아!"

생포한 왜구들을 가두고, 시체를 치우고, 급하게나마 사방에 흥건한 피를 씻어 내느라 사방으로 뛰어다닌다. 방파나 지위 고하를 막론하고 바쁘게 뛰어다니다 보니, 쌀쌀한 겨울 날씨에도 다들 구슬땀을 흘리고 있었다.

그사이, 각 방파의 책임자들은 타고 왔던 상선의 선실에 모여 논의를 하고 있었다.

"아무래도 이상하군요."

담기령의 말에 명도문의 청이문도 고개를 끄덕였다.

"담 관주의 말대로일세. 무산칠마도 그렇고 흑사방 놈들도 그렇고……."

진수명 역시 개운치 않은 표정으로 중얼거렸다.

"이 정도로 많은 경우는 드물었는데요."

왜구들 중에 섞여 있는 중원 무인들의 비율 문제였다. 왜구들 중에 중원인들이 섞여 있는 일은 이미 오래전부터 있었던 일이니, 그 자체는 문제 될 것이 없었다.

하지만 일류 수준을 넘어 절정, 혹은 초절 수준의 무인들이 이렇게 많이 섞여 있는 경우는 처음이었다. 무산칠마의 첫째인 일마의 경우에는 그것마저 넘어선 절대의 경지였다.

곽구재가 혹시나 하는 표정으로 말했다.

"어쩌면 지금껏 거짓 정보에 당한 적이 많다 보니, 미리 대비한 것일 수도 있지 않겠소?"

대답은 백무결의 입에서 나왔다.

"물론 그런 경우도 생각할 수는 있습니다. 하지만 최근에는 놈들이 꽤 신중한 상태였습니다. 그 정도 고수들을 보유하고 있었다면, 진작 나섰을 것입니다."

"그게 무슨 말인가?"

아마 곽구재는 지금 대화의 핵심을 파악하지 못한 모양. 담기령이 짧게 대답했다.

"최근에 중원의 무인들이 왜구들에 대거 가담했을 수도 있다는 말입니다."

"음?"

"어쩌면 다른 무언가에 대한 징조가 아닐까 하는 이야기를 하고 있는 거지요."

"그, 그렇군."

뒤늦게 이해한 곽구재가 고개를 주억거렸다. 그리고 조금 더 시간이 지난 후, 흠칫한 표정으로 급히 물었다.

"놈들이 다른 일을 꾸밀 수도 있다는 말인가?"

곽구재의 느린 반응에 다들 입맛을 다시며 고개를 끄덕였다.

"다른 일이라……."

순수하게 왜인들로만 이루어진 왜구 선단은, 왜구라기

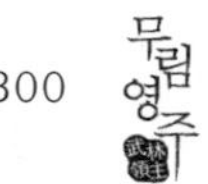

보다는 동영의 정규 군대라고 보아야 했다.

하지만 중원인이 섞여 있는 왜구들은 인근의 섬에 근거지를 두고 있는, 말 그대로 해적들이었다. 무림의 관점으로 보자면 녹림이나 수채와 같은 새외의 무림 방파 중 하나로 볼 수도 있는 것이다.

그런데 중원 무인들 중에서도 절정 이상인 고수의 비율이 늘어난다는 것은 비약을 해서라도 심각하게 생각할 필요가 있었다.

"최근에 왜구들의 동향에 대해서 아시는 것이 있습니까?"

담기령이 혹시나 하고 물었지만 다들 묵묵부답이다. 처주무련은 영녕계와 손을 잡고 있었고, 처주부에서 영녕계의 정보력을 넘어설 만한 방파는 없었다. 그러니 담기령이 모른다면 다른 이들도 모른다고 보아야 했다.

그때 선실 문이 열리며 이석약이 안으로 들어왔다. 그녀를 본 청이문이 물었다.

"무슨 일이더냐?"

"이상한 것이 있어요."

"이상한 것?"

이석약이 손에 들고 있던 책을 내밀었다.

"이건?"

이석약에게 책을 건네받은 청이문이, 슬쩍 겉장을 확인하더니 이석약에게 이상한 눈초리를 보내며 담기령에게 책을 넘겼다.

담기령 역시 책의 겉장을 보고는 궁금한 얼굴로 물었다.

"이건 왜구들의 일지가 아닙니까?"

책의 겉장에 씌어 있는 것은 왜구들의 문자였다. 그렇다고 담기령이 왜구들의 글자를 읽을 줄 알아서 일지라는 것을 아는 것은 아니었다. 몇 번이나 왜구들의 일지를 본 적이 있기에 글자의 모양이 비슷하니 대충 그런 거라 생각하는 정도.

처주무련에서는 포획한 왜구들의 배에서 일지를 모아, 왜구의 글자를 아는 사람을 통해 그 내용을 파악하고 있었다. 혹시나 왜구들의 근거지가 어디인지 알 수 있지 않을까 하는 기대를 가지고 진행하는 작업이었다.

물론 왜구들도 바보가 아닌 이상, 비밀스러운 근거지의 위치를 일지에 적어 놓는 일은 아직까지 없었지만.

"내용을 보세요."

"내용?"

본다고 읽을 수 있는 것도 아닌데 저렇게 말을 하니 뭔가 이유가 있나 싶어 얼른 책을 펼쳤다.

"앞부분은 그렇지 않은데, 뒷부분을 보시면……."

담기령이 곧장 책장을 파르르 넘겨 마지막 일지가 씌어 있는 부분을 찾았다.

동시에 담기령의 입에서 옅은 신음이 새어 나왔다.

"음!"

모두들 무슨 일인가 싶어 담기령에게 시선을 모았다.

"이, 이건 한자(漢字)가 아닙니까?"

"뭐!"

모두의 입에서 당혹성이 터져 나왔다. 왜구의 일지에서 한자라니.

"무슨 내용인가?"

청이문이 급히 물었다.

"별다른 내용이 있지는 않습니다만……."

담기령이 한자가 씌어 있는 부분을 펼쳐 모두에게 보여 주었다. 언제 식량과 물을 실었는지, 언제 출항했고, 배의 어느 부분에 문제가 있다는 일반적인 보통의 일지에 기록될 만한 내용들이 왜구의 글자와 함께 나란히 적혀 있었다.

하지만 내용이 별다른 것이 없다고 해서 간단히 보아 넘길 문제는 절대 아니었다.

담기령은 몇 장을 더 넘겨 일지의 내용을 확인했다. 역시 특이한 내용은 나오지 않았다.

잠시 고민하던 담기령이 이석약을 향해 말했다.

"이번에 생포한 놈들 중, 중원인들은 왜인들과 따로 격리해 두는 게 좋겠습니다."

"네, 이미 그렇게 처리해 두었어요."

"잘하셨습니다. 그리고 혹시 모르니 중원인들이 가지고 있는 물건은 물론, 죽은 이들의 물건들까지 모두 모아 두는 게 좋겠습니다."

"그것도 지시해 뒀어요."

바로바로 돌아오는 이석약의 대답에 담기령이 졌다는 표정으로 고개를 끄덕였다. 필요한 일에 대해서 말을 하지 않아도 알아서 생각하고 처리를 하는 것이 이석약의 대단한 점이었다.

잠시 고민하던 담기령이 모두를 향해 말했다.

"일단 돌아가면 영녕계의 유 장계까지 모셔서 이야기해 보는 게 좋겠습니다. 그리고 돌아가서 바로 해야 할 일이 있으니, 어서 정리를 하도록 하지요."

해야 할 일이라는 말에 다들 표정이 돌변했다. 하나같이 이를 악물고 두 눈 가득 분노를 담고 있는 모습이 심상치가 않았다.

조세선이라 거짓 정보를 흘린 상선으로 왜구들이 왔다는 사실은, 지금껏 좁혀 왔던 내통자 중 하나의 정체가 확실해졌다는 뜻이기 때문이었다.

그리고 그 무엇보다, 그 내통자의 정체가 처주무련 결성을 논의할 때 반대를 하고 다른 이들을 선동하나 내쫓긴 이첨산의 용산방이라는 것이 가장 심각한 문제였다.

〈『무림영주』 제4권에서 계속〉

BBULMEDIA

http://www.bbulmedia.com